C'EST ICI QUE TOUT COMMENCE

Il faut lire
les cases
dans l'ordre
des chiffres
indiqués et,
à l'intérieur de
chaque case,
suivre l'ordre
alphabétique.
Bonne lecture.

DEVIL DEVIL
YÛKI MIYOSHI
1

DEVIL DEVIL, VOL. 1

SOMMAIRE

1ER ÉPISODE : LA CHUTE DES ANGES 7
2E ÉPISODE : UN ÉTRANGE AMI 49
3E ÉPISODE : LE BATCAT 77
4E ÉPISODE : UN BÉBÉ MYSTÉRIEUX 103
5E ÉPISODE : LE DEUXIÈME SUPPÔT 125
6E ÉPISODE : LE SOUFFLE DU BATCAT 143
7E ÉPISODE : L'EXORCISTE 161

YÛKI MIYOSHI

BROOOOOO
LE COMBAT QUI LES OPPOSAIT DURAIT DEPUIS L'ÉTERNITÉ...
UN ANGE ET UN DÉMON...
KLANG
KSHING
HÉ HÉ HÉ HÉ ! IOS ! C'EST LA CENTIÈME FOIS QUE NOUS NOUS BATTONS !
AUJOURD'HUI, JE VAIS EN FINIR POUR DE BON AVEC TOI !
FLAAP
1ER ÉPISODE : LA CHUTE DES ANGES

FOI DE SWORD LE DÉMON !

1ER ÉPISODE :
LA CHUTE DES ANGES

DEVIL DEVIL

DÉSOLÉ, SWORD, TU TE TROMPES ! C'EST LA CENT ET UNIÈME FOIS !
ZOM
TU COMMENCES À ME GONFLER SÉRIEUSEMENT À TOUJOURS VOULOIR AVOIR LE DERNIER MOT !
GASH
SHUUUAA
JE VAIS TE PULVÉRISER UNE BONNE FOIS POUR TOUTES !
WHOOOO!
KRSSD
KRSSD
SPLASH

KZA AM
GWHOOHH!
FWYUUUSH
FLAP
KRS SP
KRS SP

MISÉRICORDE ! NOUS ARRIVONS TROP TARD... IOS EST TOMBÉ SUR TERRE...
QUELLE IDÉE D'ALLER AFFRONTER CE DÉMON MINEUR ALORS QUE NOUS NOUS APPRÊTONS À LIVRER UN COMBAT DÉCISIF CONTRE LES FORCES DU MAL...
IL FAUT VITE PRÉVENIR L'ARCHANGE HAMIEL ET TROUVER UN MOYEN DE FAIRE REMONTER IOS AU CIEL !
SUR LES PREMIÈRES LIGNES DE L'ARMÉE DES TÉNÈBRES...
GRANDE NOUVELLE ! SWORD ET L'ANGE IOS SONT TOUS LES DEUX TOMBÉS SUR TERRE !
GLOU-BI !
GWAHA HAHAH ! C'EST LA MEILLEURE, CELLE-LÀ !
TANT PIS POUR SWORD ! IL FAUT FÊTER ÇA ! PRÉPAREZ UN BANQUET !
BON DÉBARRAS ! ON SERA PLUS TRANQUILLES SANS LE GRAND IOS ET CETTE BRUTE DE SWORD ! IL ÉTAIT ÉTAIT COSTAUD, MAIS SA MAGIE N'AVAIT RIEN D'EXTRAORDINAIRE !
OUAIS, C'EST VRAI ÇA !
EN FAIT, JE POUVAIS PAS LE BLAIRER, CELUI-LÀ !
FLASH
WOOOFF

SDOM
ALLEZ ! RELÈVE-TOI, SÔMA !
POM
T'AS DE LA CHANCE ! ON EST GENTILS AUJOURD'HUI !
MAIS ON SERA MOINS SYMPA SI T'APPORTES PAS LE FRIC DEMAIN !
UNGH... D'A... D'ACCORD... JE VAIS ESSAYER...
T'AS INTÉRÊT, SÔMA ! SINON...
FWIIIIII
HMM ?
Y A QUELQUE CHOSE QUI TOMBE DU CIEL... UNE MÉTÉORITE ?!
LA VACHE ! FAUT PAS RESTER LÀ !
SKRAAAA

PSSHHHHHHHHH
MALHEUR... ME VOILÀ COINCÉ DANS LE MONDE DES HOMMES...
ET JE SENS QUE MES FORCES MAGIQUES M'ABANDONNENT... MON CORPS DE DÉMON NE TIENDRA PAS LONGTEMPS...
PLOC
PLOC
BLEURG
PLAAAASH

PAS DE CHANCE... UN HUMAIN SE TROUVAIT LÀ AU MAUVAIS MOMENT...
ZOM
FUUU...
PAS QUESTION DE CLAMSER AVANT D'AVOIR ÉLIMINÉ IOS...
FUU U...
JE N'AI PAS LE CHOIX... JE DOIS UTILISER LE CORPS DE CET HUMAIN..
FLOP
GEURB!
PLUS DE FORCE... JE DOIS FAIRE QUELQUE CHOSE, SINON...
KRSSP

JUNTENDA PEUT SE TRADUIRE APPROXIMATIVEMENT PAR "MONTOCIEL"

O... OÙ...
OÙ... SUIS-JE ?
VLAM
OOH ! FISTON ! TU ES VIVANT !
BWAAA
GLOUPS
JE SUIS SI CONTENT ! OOOOOOH !
BRMM
QUI C'EST, CE TYPE ?
BRMM

QUI T'ES POUR ME COLLER COMME ÇA ?!
DÉGA-AAGE !
BLOM
GYAA !
HEIN ? POURQUOI IL A FAIT ÇA, DOCTEUR ?
CE N'EST RIEN, JUSTE UNE PETITE AMNÉSIE. ÇA NE DURERA PAS.
BOUH HOU HOU
DIRE ÇA À SON PÈRE...
TU AS L'AIR DRÔLEMENT EN FORME, SÔMA... ÇA ME RASSURE...
GLOUPS
FWUP
QU... QU'EST-CE QUE...
HÉ HÉ

LUI NON PLUS, TU NE LE RECONNAIS PAS ? POURTANT, C'EST TON...
...
LA FERME !
JE RECONNAIS CETTE AURA... PAS DE DOUTE...
C'EST IOS...
...QUI EST DEVANT MOI !
TRÈS AMUSANT !
FINISSONS-EN !
NOUS ALLONS RÉGLER SUR TERRE CE QUE NOUS AVONS COMMENCÉ AU CIEL !

WHOOOOOO !
WHAM
FLOP
FLOP
HMM ?
QUE... QUE SE PASSE-T-IL ? JE N'AI PAS DE FORCE... JE NE TIENS MÊME PAS DEBOUT...
WHUP
DANS QUEL CORPS MINABLE JE SUIS ALLÉ ME FOUTRE ?
FTOM
TU FERAIS MIEUX DE TE TENIR TRANQUILLE... N'OUBLIE PAS QUE CETTE ENVELOPPE N'EST PAS LA TIENNE, C'EST LE CORPS D'UN HOMME.
D'AILLEURS, J'AI ÉTÉ FORT SURPRIS DE DÉCOUVRIR QUE TOI AUSSI TU T'ÉTAIS RÉFUGIÉ DANS UN CORPS HUMAIN...
GRRR
TU PERDS RIEN POUR ATTENDRE !
SÔMA, ÇA VA ? OH ! IL NE RECONNAÎT MÊME PAS KANNA, SON FRÈRE AÎNÉ...
ZOOOM
COMMENT ?!

BAH ALORS, SÔMA ? NOUS SOMMES JUMEAUX ! NE ME DIS PAS QUE TU AS OUBLIÉ TON GRAND FRÈRE ?!
!
GR... GRAND FRÈRE ? JUMEAUX ?
CE... CET ANGE EST MON FRÈRE JUMEAU ?! À MOI, SWORD LE TERRIFIANT DÉMON ?!
ET EN PLUS, IL EST L'AÎNÉ ?!
AARGH
AU SECOUUURS !
CLINIQUE JUNTENDA

JE PARS À L'ÉCOLE. À CE SOIR, PAPA !
FWAP
HEIN ?
KA... KANNA.....
TU... TU PEUX RÉPÉTER ?
GLOP
HMM ?
EH BIEN, J'AI JUSTE DIT QUE JE PARTAIS À L'ÉCOLE...
INCROYABLE ! CETTE MÉTÉORITE ME L'A COMPLÈTEMENT CHANGÉ !
L'ÉCOLE ?! QU'EST-CE QUE TU VEUX QUE J'AILLE FOUTRE LÀ-BAS ?
IL EST DEVENU SI SÉRIEUX !
VIEUX NAZE !
KAN-NA...
SNUIIIIF
DÉGAGE ! VIEUX NAZE !
GNAP

SBONG
RESTE PAS PLANTÉ LÀ !
OUCH !
LUI AUSSI, LA COMÈTE L'A CHANGÉ... SÔMA ÉTAIT SI GENTIL AVANT...
PSHH
PSHH
GRRR
P'TAIN ! SALETÉ DE CORPS ! J'AI PAS ASSEZ DE FORCE POUR BUTER IOS !
BOUH HOU HOU !
TRAITER AINSI SON PAUVRE PÈRE...
FAUT QUE JE TROUVE UNE SOLUTION...
GRRR
HAA !
SÔMA ! KANNA ! COMMENT ALLEZ-VOUS ?
HMM ?
HAA !
QUI C'EST CELLE-LÀ ?!
OH ! CETTE HISTOIRE D'AMNÉSIE ÉTAIT DONC VRAIE ?!
STAP

C'EST FOU, ÇA...
COMMENT PEUT-ON OUBLIER LE VISAGE DE SA MEILLEURE AMIE ?
ENFIN, BON...
HEUREU-SEMENT QUE J'AVAIS PRÉVU LE COUP...
FLAP
REGARDE ÇA !
QUELLE HONTE...
HMM ? QU'EST-CE QUE C'EST ?
TU LE VOIS BIEN, NON ? CE SONT DES PHOTOS DE TOI !
Q... QUOI ?! C'EST MOI, ÇA ?!
GWAAAAM
EH OUI...
TROUILLARD, RINGARD, ET SOUFFRE-DOULEUR ! C'EST TOUJOURS MOI QUI TE DÉFENDAIS !
ÇA... LÀ... CE TRUC MINABLE, C'EST MOI ?
GRR
GRR
!
J'AI AUSSI APPORTÉ QUELQUES PHOTOS DE TOI, KANNA !

WHAM
BRR
!!
C'EST MOI, ÇA ?
BRRLL
BRRLL
MON DIEU !
HÉ OUI ! T'ÉTAIS UN SACRÉ DUR À CUIRE... TOUT LE CONTRAIRE DE SÔMA !
C'EST DINGUE QUE DES FRÈRES JUMEAUX AIENT UN CARACTÈRE SI DIFFÉRENT !
NANAMIIII... COMME TU ES GENTILLE DE T'OCCUPER D'EUX !
WHIP
MOI QUI SUIS LEUR PÈRE, JE NE SAIS PAS COMMENT M'Y PRENDRE...
BONJOUR, M. AMANO !
WHIP
NE VOUS INQUIÉTEZ PAS ! JE NE LES LÂCHERAI PAS TANT QU'ILS N'AURONT PAS RETROUVÉ LA MÉMOIRE !
FORMIDABLE !
BOM
AU FAIT, JE SUIS SÛRE QUE VOUS NE TARDEREZ PAS À VOUS EN SOUVENIR, MAIS JE VOUS RAPPELLE QUAND MÊME QUE JE M'APPELLE HIJIRI NANAMI ! OK ?
ILS NE M'ÉCOUTENT PAS...
C'EST PAS POSSIBLE...
ÇA NE PEUT PAS ÊTRE MOI...

DIS... T'AS ENTENDU CE QU'ILS ONT DIT À LA TÉLÉ HIER ?
BONJOUR !
'LUT !
MAIS C'EST KANNA ?!
BROUHAHA
A... AH ?!
AH AH...
HÉ, C'EST TOI LE KANNA DONT TOUT LE MONDE PARLE, NAN ?
JE CROYAIS QU'IL AVAIT ÉTÉ RENVOYÉ DU BAHUT ?
BROUHAHA
...
TA PÉRIODE D'EXCLUSION EST TERMINÉE, ALORS TU VIENS SUIVRE À NOUVEAU LES COURS, HEIN ? ÇA ME FAIT TRÈS PLAISIR, TU SAIS...
C'EST QUI LUI ?
FWIP
FWIP
AHEM... TIENS ! KANNA...
C'EST PLUTÔT RARE DE LES VOIR ARRIVER ENSEMBLE, CES DEUX-LÀ...
ILS ONT L'AIR D'AVOIR CHANGÉ, TU TROUVES PAS ?
BROUHAHA

?
FWIP
AHA-HAH...
FWIP
STAP
SMILE
BONJOUR, MONSIEUR !
QUI EST-CE ?
CHTT
NOTRE PROFES-SEUR PRINCIPAL, VOYONS !
GLUPS
OOOH
TU AS DÉCIDÉ DE RENTRER DANS LE DROIT CHEMIN, HEIN ? C'EST TRÈS BIEN ÇA, MON PETIT KANNA ! ÇA ME FAIT TRÈS PLAISIR, TU SAIS !
QUOI ?! SÉRIEUX ?
T'AS VU ÇA ? KANNA LE DUR À CUIRE EST DEVENU UN VRAI BOUFFON !
WHOO
CE MONDE EST RIDICULE !
TIENS, TIENS ! C'EST NOTRE AMI SÔMA !

QUELLE SURPRISE DE TE VOIR EN VIE ! ON CROYAIT QUE LA MÉTÉORITE T'AVAIT TUÉ...
HÉ HÉ HÉ...
GNUP GNUP !
ON PEUT DIRE QUE T'AS UNE VEINE D'ENFER !
QU'EST-CE QU'ILS ME VEULENT, CES CLOPORTES... ?
J'ESPÈRE QUE T'AS APPORTÉ LE FRIC, QU'ON T'AVAIT DEMANDÉ !
SINON, ON SERA OBLIGÉS D'ÊTRE MÉCHANTS !
ET TU VAS T'EN PRENDRE PLEIN LA TRONCHE !
GNIP
HÉ... HÉ HÉ... HÉ HÉ HÉ...

VOUS N'AVEZ PAS FROID AUX YEUX, TOUS LES TROIS...
HEIN ? TU PEUX RÉPÉTER ÇA ?!
ZOM
VOUS DEVEZ AVOIR ENVIE DE MOURIR POUR OSER VOUS ATTAQUER À MOI, SWORD LE TOUT-PUISSANT DÉMON !
BRROOO
VOUS ALLEZ CREVER !
QU'EST-CE QUI SE PASSE ? J'Y COMPRENDS RIEN...
HMM ?
SNAP

ÇA SUFFIRA POUR CETTE FOIS, SÔMA...
HGNNN
ÏOS !
KANNA... IL EST DE RETOUR AU BAHUT !
GLUPS
BARRONS-NOUS ! JE NE VEUX PAS ME FROTTER À LUI !
QU'EST-CE QUE VOUS ATTENDEZ POUR DISPARAÎTRE ?
GYAA !
GRRR ! ON SE VENGERA !
FWIISH
L'ANCIEN PROPRIÉTAIRE DE CE CORPS DEVAIT ÊTRE UN SACRÉ VOYOU POUR QU'UN ANGE COMME MOI SE COMPORTE DE CETTE FAÇON...
HMM...
GNN
GNN
GNAA !
BON SANG ! QUELLE FORCE IL A ! SON CORPS EST BEAUCOUP PLUS PUISSANT QUE LE MIEN !
FWUP
DOOOOM
POURQUOI A-T-IL FALLU QUE JE RAMASSE LE CORPS D'UN MINABLE...
HAA... PAUVRE DE MOI...

SDAAAM
OURGH ?!
QU'EST-CE QUE TU FABRIQUES ICI ?!
WHAM
JE T'AVAIS POURTANT PRÉVENU EN CHEMIN ! JE T'AVAIS DIT QU'UNE BANDE DE VOYOUS ALLAIT TE CHERCHER DES CROSSES !
ET ALORS JE T'AVAIS DIT DE RESTER PRÈS DE MOI !
ET ALORS ?
AÏE ! ÇA VA PAS ! QU'EST-CE QU...
TRÈS INTÉRESSANT... SWORD N'ARRIVE PAS À CONTRÔLER SON CORPS. IL SE SOUMET DE LUI-MÊME À L'AUTORITÉ DE NANAMI...
BRRLL
TU NE T'EN SOUVIENS PEUT-ÊTRE PLUS, MAIS JE TE RAPPELLE QUE TU ES UNE GROSSE MAUVIETTE ! ALORS INUTILE DE JOUER LES DURS !
BLA
ELLE COMMENCE VRAIMENT À ME CHAUFFER, ELLE...
JE NE PEUX PAS BOUGER...
BRRLL
BLA
OUAIS, OUAIS... DÉSOLÉ.
FWIP
TU AS COMPRIS, SÔMA ?!
AH !
MON CORPS NE M'OBÉIT PLUS...
POURQUOI EST-CE QUE JE BAISSE LA TÊTE ?

T'AS VU ÇA ?! LA RUMEUR DIT VRAI : L'AMNÉSIE LES A COMPLÈTEMENT TRANSFORMÉS !
GRRR
BLA
MOI, JE PRÉFÈRE KANNA ! TU AS VU COMMENT IL EST INTERVENU POUR PROTÉGER SON MINUS DE FRÈRE ? C'ÉTAIT TROP COOL !
MINUS DE FRÈRE ?
MAIS SÔMA N'EST PAS MAL NON PLUS SANS SES GROSSES LUNETTES ! EN FAIT, ILS SE RESSEMBLENT ! ILS NE SONT PAS JUMEAUX POUR RIEN, APRÈS TOUT...
BLA
BLA
WHAM
NE DIS PAS N'IMPORTE QUOI ! C'EST LE JOUR ET LA NUIT !
SHUP
AH BON ?TU TROUVES ?
ON VOIT BIEN QUE KANNA NE TE DÉVORE PAS DES YEUX ! JE SUIS CERTAINE QU'IL CRAQUE POUR MOI.
BRRLL
BRRLL
POUR QUI ELLE SE PREND, CETTE POUFFIASSE ?
EN ENFER, J'AVAIS QU'À CLAQUER DES DOIGTS POUR QUE LES PLUS BELLES FILLES SE PRÉCIPITENT À MES PIEDS... ALORS QU'EST-CE QUE J'AI À FAIRE DE CE GROS TAS... ?
SNAP
SCRIIC
AH... IL VA CRAQUER !
GRAAAAAA ! J'EN AI MAAAARRRE !
SLLLMB
KYAAAAA !!

QU'Y A-T-IL ? POURQUOI M'AS-TU DEMANDÉ DE T'ACCOMPAGNER SUR LE TOIT ?
RÉPONDS-MOI, SÔMA... ENFIN, SWORD, DEVRAIS-JE DIRE...
ÉCOUTE, IOS... JE N'AI PAS L'INTENTION DE CONTINUER À PERDRE MON TEMPS DANS LE MONDE DES HOMMES... ET PUIS NOUS N'AVONS TOUJOURS PAS TERMINÉ NOTRE COMBAT...
STAP
JE SUIS SÛR QUE TU CONNAIS UN MOYEN...
DIS-MOI COMMENT FAIRE POUR QUITTER CE CORPS RIDICULE ET RETROUVER MON APPARENCE...
SCRUT
HUM...

HAA !
PFFF !
!
STOP
BIZARRE... JE CROIS BIEN AVOIR APERÇU UNE SILHOUETTE SUR LE TOIT DE L'ÉCOLE...
J'AI RÊVÉ ?
NANAMI ! ILS NE SONT PAS ENCORE RENTRÉS !
QUE DOIT FAIRE UN PÈRE DANS UN TEL CAS ?
SCRUT
SCRUT
RESTER CALME !
POURVU QU'IL NE LEUR SOIT RIEN ARRIVÉ !
TSS... OÙ PEUVENT-ILS BIEN TRAÎNER SI TARD ? LEUR PÈRE SE FAIT UN SANG D'ENCRE !
HÉ ! REGARDE UN PEU QUI VA LÀ...
ZUP
ZUP
FRSSH
TIENS, TIENS... C'EST LA PETITE QUI JOUE TOUT LE TEMPS LES GARDES DU CORPS DE SÔMA, NON ?
GNUP GNUP
QU'EST-CE QU'ELLE FAIT ICI À UNE HEURE PAREILLE ?

KYAA !!
BLAM
FWUP
QU'EST-CE QUE VOUS FAITES ?! LAISSEZ-MOI TRANQUILLE !
LA FERME !
ALORS COMME ÇA, TU JOUES AU GARDE-DU-CORPS DES JUMEAUX, HEIN ?
EH BEN, FIGURE-TOI QU'ON A LES NERFS PARCE QUE TOUT À L'HEURE, ON N'A PAS PU RACKETTER TON AMI SÔMA...
ET ON A BIEN ENVIE DE SE VENGER SUR TOI !
EMPÊCHEZ-LA DE BOUGER !
SNAP
HÉ HÉ HÉ... VOYONS VOIR CE QUE TU CACHES SOUS TON T-SHIRT !
SLURP
NE... NE ME TOUCHEZ PAS !
JE VOUS PRÉVIENS, JE VAIS CRIER !

LE MOYEN DE RETROUVER NOTRE APPARENCE ? DÉSOLÉ, JE L'IGNORE...
ET PUIS MÊME SI JE LE SAVAIS, JE NE PENSE PAS QUE JE TE LE RÉVÉLERAIS.
QUOI ?! ET POURQUOI PAS ?!
PARCE QU'ACTUELLEMENT, NOS ESPRITS COHABITENT AVEC CEUX DES ANCIENS PROPRIÉTAIRES DES CORPS QUI NOUS HÉBERGENT
SI NOUS NOUS RETI-RIONS DE CES CORPS, LES ESPRITS DE CES DEUX JEUNES GENS PÉRIRAIENT AUSSITÔT.
JE SUIS UN ANGE, NE L'OUBLIE PAS. CROIS-TU QUE JE POURRAIS LAISSER FAIRE ÇA ?
PAS MOI !
NON ! JE DOIS TROUVER LE MOYEN DE LEUR RENDRE LEUR EXISTENCE.
ET SI JE N'Y RÉUSSIS PAS, JE SUIS PRÊT À PASSER LE RESTANT DE MES JOURS DANS LA PEAU DE KANNA...

MAIS PUISQUE NOUS IGNORONS COMMENT FAIRE...
C'EST HORS DE QUESTION ! JE NE SUPPORTERAI PAS DE RESTER PRISONNIER ICI ! JE VEUX ME TIRER DE LÀ, ET LE PLUS TÔT SERA LE MIEUX !
EH BIEN TANT PIS ! JE VAIS COMMENCER PAR ME DÉBARRASSER DE TOI !
BROOSH
TU ES FOU ! N'UTILISE PAS TA MAGIE !
TON CORPS N'EST PAS ASSEZ RÉSISTANT !
ZAM
PSHHH
AH !

AH... LE SANG GICLE DE MA TÊTE...
ET VOILÀ ! LE MOINDRE EFFORT VIOLENT PEUT TE TUER !
FWAA
FWAA
FLOOP
QUE ÇA TE SERVE DE LEÇON !
KYAA !!
QUE SE PASSE-T-IL ?
TIENS... ON DIRAIT BIEN...
HI HI HI !
NANAMI !
ET CES TROIS-LÀ... CE SONT CEUX QUI TE CHERCHAIENT DES ENNUIS CE MATIN... IL FAUT VITE ALLER À SON SECOURS !
BAS LES PATTES, BANDE DE SALAUDS !
QU'ELLE SE DÉBROUILLE TOUTE SEULE !
IL PEUT LUI ARRIVER N'IMPORTE QUOI, JE M'EN FOUS !
QUOI ?
PUIP

TOUT CE QUE JE VEUX, C'EST TE RÉGLER TON COMPTE UNE BONNE FOIS POUR TOUTES...
FLAP
ZOOM
C'EST QUOI ÇA ?! LES... LES SOUVENIRS DU VRAI SÔMA RESSURGISSENT DANS MA TÊTE ?
!?
SWORD ?
...
SES SOUVENIRS NE SONT PAS LES MIENS POURTANT...
PSHIII
BRRLL
J'AI UNE ENVIE FOLLE DE MASSACRER CES TROIS TYPES !
IMPOSSIBLE DE SAVOIR SI ÇA VIENT DE MOI OU DE LUI...
BRRLL

EN TOUT CAS, ÇA VA SAIGNER ! JE VAIS LES ATOMISER !
A... ATTENTION ! TU NE PEUX PAS VOLER !
HEIN ?
WHOOSH
WHUM
WHOOOOOOOOOOOH
TU ES CONTENT DE TOI ?
HÉ HÉ !
JE CONTRÔLE PARFAITEMENT LA SITUATION !
BLOOOOOM
STACK
SAFE !!

BRRR
PAR CONTRE... AVEC TOUT LE SANG QUE J'AI PERDU...
BRRR
CE FOUTU CORPS EST DE PLUS EN PLUS FAIBLE...
FWUP
COURAGE ! JE NE SUIS PAS DU GENRE À LÂCHER PRISE SI FACILEMENT !
HMM ?
AH... WOW !
BRR
MIAAÂÂÂ
BRR
NON ! N'APPROCHE PAS, SALE BÊTE ! JE SUIS TROP FAIBLE ! SI TU TOUCHES À MES DOIGTS, JE...
AH !
FWUP
MIÂÂ ?
FWUP

CETTE FOIS... C'EST FINI...

N'AIE PAS PEUR, PETITE. ON VA BIEN S'AMUSER TOUS LES QUATRE...
HÉ HÉ HÉ HÉ...
GNIP
GNIP
HUNG ...
SDOOM
?!
...

...
PSH
QU'EST-CE QUI S'EST PASSÉ ?
!
...
SÔ... SÔMA ?
AAOUUUUUUCH !
BWAAAAA
GLOUPS
QU... QU'EST-CE QUE TU FAIS ICI ?
AO...
AO ?

WHOOOOO
BLOM
J'AI MAL PARTOUT ! C'EST ATROCE !
FWIP
BLOM
?
IL S'EN TIRE PLUTÔT BIEN. APRÈS UNE CHUTE PAREILLE, JE CRAIGNAIS LE PIRE...
AAAAA AARGH !
PLIC
PLOC
KANNA ! QUE S'EST-IL PASSÉ ?
AÏE, AÏE, AÏE
OH...
CE N'EST RIEN, CE PAUVRE SÔMA EST JUSTE TOMBÉ D'UN ARBRE.
BRAVO, SWORD, C'ÉTAIT VRAIMENT ÉPATANT ! TU AS RÉUSSI À LA SAUVER, FINALEMENT...
QUOI ?!
BRROOOM
GNUP
GNUP
FWUP
AH... ?

SDAM
OH ! ON SE CALME !
MALHEUR ! UN DÉMON COMME MOI QUI VOLE AU SECOURS D'UNE GAMI-NE ! QUELLE HONTE !
C'EST ÉTRANGE... UN HUMAIN NE DEVRAIT PAS POUVOIR UTILISER LA MAGIE...
AAAAAAH
GWOOOOOO
SE POURRAIT-IL QUE SWORD SOIT CAPABLE DE MAÎTRISER SA MAGIE EN DÉPIT DE LA FAIBLESSE DE SON CORPS ?
ET POURTANT, IL Y A CLAIREMENT EU UNE PETITE ÉMANATION MAGIQUE LORS DE L'EXPLOSION QUI A SUIVI SA CHUTE...
SI CETTE HYPOTHÈSE EST EXACTE... MON SÉJOUR SUR TERRE RISQUE D'ÊTRE TRÈS MOUVEMENTÉ...
BLOM
TIENS ? IL NE BOUGE PLUS...
AH LA LA !
PSHIII

C'EST PAS CROYABLE, ÇA... IL FAUT VRAIMENT ÊTRE IDIOT POUR TOMBER D'UN ARBRE À TON ÂGE !
CLINIQUE JUNTENDA
HMMMM
AMNÉSIQUE OU PAS, T'ES VRAIMENT DOUÉ POUR T'ATTIRER DES ENNUIS !
PENSE UN PEU À TOUS CEUX QUE TU METS DANS L'EMBARRAS AVEC TES ÂNERIES !
SÔMA... TON PAUVRE PÈRE EST SI INQUIET...
HÉ SÔMA ! J'AI PAS L'IMPRESSION QUE TU M'ÉCOUTES !
GLOUPS
EUH... SI, SI.
TU ME PAIERAS ÇA, IOS...
ZOM
HÉ HÉ HÉ HÉ...
TU RICANERAS MOINS QUAND J'AURAI RETROUVÉ MON APPARENCE DE DÉMON !
CLINIQUE JUNTENDA

GRRR
GRRR
C'EST PAS POSSIBLE ! ÇA PEUT PAS DURER !
DIRE QU'IL Y A QUELQUES JOURS...
2E ÉPISODE : UN ÉTRANGE AMI
JE PULVÉRISAIS TOUS CEUX QUI ME MANQUAIENT DE RESPECT !
L'ALCOOL COULAIT À FLOT, LES FEMMES ÉTAIENT À MES PIEDS, J'AVAIS LA BELLE VIE !
... !!
KRIISP
KRIISP
HYAAAAA !
ET MAINTENANT, VOILÀ OÙ JE ME RETROUVE, MOI LE TERRIFIANT DÉMON !!!
BAM

QU'EST-CE QUE J'AI FAIT POUR MÉRITER DE ME RETROUVER DANS CE CORPS DE MINABLE ?!
METS-LA EN VEILLEUSE UN PEU !
BLAM
BOUM
QUE... ?

2e ÉPISODE : UN ÉTRANGE AMI

DEVIL DEVIL

HÉ ! QU'EST-CE QUI TE PREND DE ME JETER DES TRUCS EN PLEINE TÊTE ?!
PFU AA...
TU FERAIS MIEUX DE TE PRÉPARER POUR L'ÉCOLE AU LIEU DE ROUSPÉTER COMME UN IDIOT...
SLAM
GRRR... ESPÈCE DE PETITE...
LE GRAND SWORD HUMILIÉ PAR UNE SIMPLE FEMELLE HUMAINE... J'Y CROIS PAS...
GRRR
PFFF...
FLAP
FWUP
DIRE QU'AVANT, SÔMA ME RÉVEILLAIT TOUT LES MATINS EN M'APPELANT GENTIMENT PAR MON PRÉNOM...
IL EN MET DU TEMPS À RETROUVER LA MÉMOIRE..

JE SUIS LE GRAND SWORD, BON SANG ! DÉMON PARMI LES DÉMONS !
GRRR... Y EN A MARRE...
BOUUUUH
LES PUISSANTS MUSCLES DE MON CORPS INVINCIBLE FONT TREMBLER MES ADVERSAIRES !
ET MON REGARD DE BRAISE FAIT FONDRE TOUTES LES FEMMES DE L'ENFER !
TU M'AS L'AIR BIEN EXCITÉ CE MATIN, SWORD...
AH!

IL SERAIT TEMPS DE TE RÉSIGNER. JE TE L'AI DÉJÀ DIT, TANT QUE NOUS SOMMES DANS CES CORPS HUMAINS...
NOUS N'AVONS PAS D'AUTRE CHOIX QUE DE VIVRE SOUS LES IDENTITÉS D'AMANO KANNA ET AMANO SÔMA...
GRRR
CAUSE TOU-JOURS...
FOUTU ANGE... IL M'ÉNERVE AVEC SES AIRS DE MONSIEUR JE-SAIS-TOUT...
BRRLL
BRRLL
JE FINIRAI PAR LE BUTER UN DE CES JOURS...
ENCORE CETTE VIEILLE RENGAINE ? DÉCIDÉMENT... TU SAIS POURTANT QUE TU NE FAIS PAS LE POIDS DANS CE CORPS...
ARRÊTE DE LIRE DANS MES PENSÉES !
BON... DESCEN-DONS...
ATTENDS UNE SECONDE !
FWIP
J'AI UNE QUESTION À TE POSER !

DIS-MOI... QU'EST-CE QUE TU PENSES DE MA CHAMBRE ?
BROM
BROM
UFO
SKRIP
SKRIP
EH BIEN... ELLE EST UN PEU PETITE, EN DÉSORDRE, ET REMPLIE D'OBJETS FARFELUS...
CE N'EST PAS CE QUE J'APPELLERAIS UN CADRE IDÉAL...
EXACTEMENT ! ALORS TU VAS PEUT-ÊTRE POUVOIR M'EXPLIQUER...
VLAM
WHOOOM
ZOM
POURQUOI TA CHAMBRE EST SUPER GRANDE ET ULTRA CLEAN ?!
POURQUOI NOUS SOMMES TRAITÉS DIFFÉREMMENT, ALORS QUE NOUS SOMMES JUMEAUX, HEIN ?!
IL Y A DU FAVORITISME !
FWISCH

JE M'INSURGE CONTRE CETTE DISCRIMI-NATION !
HÉ, VOUS DEUX ! VOUS ALLEZ ÊTRE EN RETARD À L'ÉCOLE !
TOM
TOM
GRAAA
SCRUT
DIS DONC, LE VIEUX ! POURQUOI MA CHAMBRE EST PETITE ET CRADINGUE ?!
HYiiii ! VOYONS, SÔMA… C'EST TOI QUI DISAIS NE PAS TE SENTIR À L'AISE DANS UNE PIÈCE TROP GRANDE…
ZWSHH
ZWSHHH
J'AI CHANGÉ D'AVIS ! JE VEUX UNE GRANDE CHAMBRE ! TOUT DE SUITE !
TU N'EN AS PAS MARRE DE FAIRE L'IMBÉCILE ?!
SDAM
HUMPF !
HYiiii ! NANAMI ! SÔMA ME MARTYRISE ! JE SUIS UN PÈRE BATTU !
ENCORE ELLE… ?
CESSE DE RÂLER APRÈS TON PÈRE POUR DES BROUTILLES ET PRÉPARE-TOI POUR PARTIR À L'ÉCOLE !
SÔMA… TES YEUX ME FONT PEUR…

TSS...
TSS...
?
TSS...
ÇA NE PEUT PLUS DURER... JE NE PEUX PAS SUPPORTER ÇA PLUS LONGTEMPS...
JE DOIS TROUVER UN MOYEN DE ME TIRER DE CETTE SITUATION...
TSS...
POUR RETOURNER COULER DES JOURS TRANQUILLES EN ENFER !
HÉ ! MAIS C'EST MON POTE SÔMA QUE JE VOIS LÀ !
HMM ?
ZOM
SLUPS

STAP
SALUT !
STAP
STAP
TA CONVALESCENCE SE PASSE BIEN ? JE ME SUIS FAIT DU SOUCI, TU SAIS...
QU.. QUI C'EST, CELUI-LÀ ?
STAP
STAP
TIENS... TU NE PORTES PLUS TES LUNETTES ? ELLES ÉTAIENT POURTANT LE SYMBOLE DE NOTRE FRA-TERNITÉ...
AH!
QU... QUELLE HORREUR ! J'AI VU CE QUE ÇA DONNAIT SUR LES PHOTOS QUE M'A MONTRÉES NANAMI...
?
J'AVAIS LE MÊME LOOK DE CET AHURI !
JE COMPRENDS... C'EST DONC VRAI CE QU'ON DIT... TES TROUBLES AMNÉSIQUES ONT COMPLÈTEMENT CHANGÉ TON TEMPÉRAMENT...
KZIM
MAIS IL EST INUTILE DE S'INQUIÉTER ! PAS VRAI, MON POTE ?
GLUPS

TU N'AS PAS PU M'OUBLIER ! PAS MOI ! PAS YAKUMI SÔJIRÔ, TON COMPAGNON D'ÉTUDES ! NOUS AVONS PASSÉ TELLEMENT DE TEMPS ENSEMBLE AU CLUB DE RECHERCHES SUR LES SCIENCES OCCULTES DU LYCÉE !
WHAM
...
BWAAA
BROUHAHA
BROUHAHA
SNAP
SOUVIENS-TOI ! SOUVIENS-TOI DES JOURS DE GLOIRE QUE NOUS AVONS CONNUS ENSEMBLE !
IL EST TEMPS DE REPRENDRE NOS TRAVAUX SUR LA SORCELLERIE !
J'AI COMMENCÉ À ÉTUDIER UN SORT D'INCANTATION POUR DÉMON ! NOUS L'ESSAIERONS ENSEMBLE !
ÇA VA PAS TARDER À MAL TOURNER.
BLOO
BLOO
BLOO
GRRR
LES JOURS DE GLOIRE QUE MOI JE VEUX RETROUVER...

GRRR
CE NE SONT PAS CEUX DONT TU PARLES !
FWISH
DOM
AH !

ÇA VA, TA MAIN ?
PSHHHHHH
TU ES VIVANT ?
AOUCH ! ÇA FAIT MAL...
QU'IL AILLE SE FAIRE VOIR AVEC SON SORT D'INCANTATION !
FLOP
HMM ? UN SORT D'INCANTATION ?
MAIS BIEN SÛR ! VOILÀ LA SOLUTION !
WHOOSH
SWORD... TU AS ENCORE UNE IDÉE DERRIÈRE LA TÊTE, HEIN ?
DIS PLUTÔT QUE JE SUIS UN GÉNIE ! JE VIENS D'AVOIR UN ÉCLAIR FORMIDABLE !
TU AS DÉJÀ ENTENDU PARLER DE CERBÈRE ?
!?
C'EST UN MONSTRE INFERNAL QUE J'AI ÉLEVÉ MOI-MÊME ! JE N'AI QU'À L'INVOQUER !
ET IL TE METTRA EN PIÈCES EN MOINS DE DEUX !

ZOM
PARFAIT ! EMMÈNE-MOI IMMÉDIATEMENT À TA SALLE DE STUPIDITÉS OCCULTES !
ON VA L'ESSAYER TOUT DE SUITE, TA PETITE INCANTATION !
TU POURRAIS AU MOINS T'EXCUSER DE L'AVOIR FRAPPÉ !
FLOP
GRRR !
FWIP
TU N'ES PLUS LE SÔMA QUE JE CONNAISSAIS ! JE N'AI PAS ENVIE DE T'AIDER DANS CES CONDITIONS !
N... NON... JE REFUSE...
KRISP
QUOI ?
TU NE MANQUES PAS DE CRAN POUR OSER ME DÉSOBÉIR...
MAIS... SI C'EST COMME ÇA QUE TU LE PRENDS...
HÉ HÉ HÉ... DANS CE CAS...
FRRP FRRP
!?
QU'EST-CE QUE TU DIS DE ÇA ?

ÇA TE VA COMME ÇA ?!
WHIIISH
SWO... SWORD DOIT VRAIMENT ÊTRE DÉSESPÉRÉ POUR EN ARRIVER LÀ...
...
SALUT !
STAP
STAP
SI TU VEUX VRAIMENT REPRENDRE LES ÉTUDES AVEC MOI, IL VA FALLOIR QUE TU CESSES DE TE COMPORTER COMME UNE BRUTE ET QUE TU REDEVIENNES COMME AVANT.
SWUP
ZOZOZOM
...
HAAA
PAUVRE DE MOI !
NE TE CACHE PAS ! IL EST TROP TARD POUR AVOIR HONTE !
JE MAINTIENS MON REFUS. CE N'EST PAS EN JOUANT SUR LES APPARENCES QUE TU ME FERAS CHANGER D'AVIS.
!

SÔ... SÔMA ?
...
DE TOUTE MA VIE, JE N'AI JAMAIS SUBI UN TEL AFFRONT !
FU FU FU FU FU FU
CE BINOCLARD SERA LE PREMIER À MOURIR LORSQUE J'AURAI RETROUVÉ MON APPARENCE NORMALE !
NANAMI ! AIDE-MOI À L'IMMOBILISER !
KYAAAA !
LYCÉE ROKUBO
CLUB DE RECHERCHES SUR LES SCIENCES OCCULTES

FLA
HMM...
SKREEEC
C'EST VRAIMENT INCROYABLE CE QUE SÔMA A PU CHANGER...
SALUT, YAKUMI !
PFFF
SNIIIF
JE ME SOUVIENS DE NOS DISCUSSIONS PASSIONNÉES SUR LA SORCELLERIE ET LES PHÉNOMÈNES SURNATURELS...
J'ÉTAIS PERSUADÉ QUE NOUS RESTERIONS LES MEILLEURS AMIS DU MONDE...
MAIS VOILÀ QU'IL S'EST TRANSFORMÉ EN UNE BRUTE ÉPAISSE !
GAAHAHAHAH
OH ! MON DIEU !
C'EST DES AMIS QUE TU VEUX ? BAH NOUS, ON VEUT BIEN ÊTRE TES POTES, PAS VRAI ?
OUAIS, À FOND !
OUPS
ZAM
QU... QU'EST-CE QUE VOUS...

ÇA VA PAS ! JE NE PEUX PAS LAISSER FILER CETTE OCCASE...
DE QUELLE OCCASION PARLES-TU ?
JE PARLE DE CETTE HISTOIRE D'INVOCATION, PARDI ! IL FAUT QUE JE LE FORCE À LA FAIRE !
HÉ HÉ
JE NE PEUX PAS ME BATTRE CONTRE TOI, MAIS INTIMIDER UN PETIT HUMAIN, ÇA NE DEVRAIT PAS ÊTRE TROP DUR !
FU FU FU
ÇA Y EST ! NOUS Y VOILÀ !
CLUB DE RECHERCHES SUR LES SCIENCES OCCULTES
HÉ HÉ HÉ ! GARE À TOI, LE BINOCLARD !
TU ES PRIÉ DE NE PAS UTILISER TA MAGIE SUR LUI, HEIN..
FU FU
STOP
NON ! ARRÊTEZ ! LAISSEZ-MOI !
ON DIRAIT QU'IL A DÉJÀ DE LA VISITE...

ON SAIT QUE TU AS SUFFISAMMENT DE BLÉ POUR ACHETER DES TRUCS BIDONS POUR TON CLUB DE RECHERCHES...
HM!!!!
SKRYIC
SKRYIC
FERME-LA ! GROUILLE-TOI DE NOUS FILER TON FRIC AU LIEU DE BEUGLER !
FWUP
CLAC
T'OCCUPE PAS DE SÔMA, L'OCCULTISME NE L'INTÉRESSE PLUS !
PEUH... C'EST PAS MON PROBLÈME !
LES LÂCHES ! S'EN PRENDRE À UN ÊTRE SANS DÉFENSE !
PAS... PAS QUESTION ! C'EST L'ARGENT QUE J'AI ÉCONOMISÉ DUREMENT AVEC MON AMI SÔMA...
ZDOM
SWORD ! CE GARÇON EST L'AMI DU PROPRIÉTAIRE DE TON CORPS !
URGH !
IL N'A QU'À APPRENDRE À SE DÉFENDRE TOUT SEUL !
BOBOM
OH NON... ÇA RECOMMENCE... LA MÉMOIRE DE L'AUTRE REFAIT SURFACE...
BOBOM

NON... NE FAIS PAS ÇA... RESTE OÙ TU ES...
SDOM
ALLEZ ! ABOULE LE FRIC !
NON !
SDOM
SOIS PAS IDIOT ! PERSONNE NE VIENDRA À TON SECOURS ! FILE-NOUS LA THUNE !
FLOP
HY
POUR UNE MAUVIETTE, T'ES PLUTÔT CORIACE !
HÉ... ?
BAASHH

BLOM
GYAAAA !
?!
QU... QU'EST-CE QUE C'EST ?!
ET VOILÀ, C'EST REPARTI... JE NE ME CONTRÔLE PLUS !
KRSSP
KRSSP
SÔ... SÔMA !

DASH
TU VAS LE REGRETTER !
PEUH... POUR QUI TU TE PRENDS, MISÉRABLE HUMAIN...
BOUFFE ÇA !
BLOM
KLAAM
J'VAIS T'CALMER, MAUVIETTE !
AÏE... JE VOIS LE COUP ARRIVER, MAIS MON CORPS NE RÉAGIT PAS ASSEZ VITE...
STOP
HEIN ?

BLOM
SMILE
IOS... UN ANGE QUI VIENT EN AIDE À UN DÉMON... EST-CE BIEN RAISONNABLE ?
PFFF... JE NE VOIS PAS OÙ EST LE PROBLÈME, DU MOMENT QUE TU ŒUVRES POUR UNE BONNE CAUSE.
...
JE N'AI FAIT QU'AGIR DANS MON INTÉRÊT.
SÔ... SÔMA... TU M'AS SAUVÉ...
MON AMI ! JE TE RETROUVE... QU'IMPORTENT LES APPARENCES ! TU ES MON AMI MALGRÉ TOUT !
HEIN ?
GRAB

CE COUP D'ÉCLAT M'A FAIT COMPLÈTEMENT CHANGER D'AVIS À TON SUJET !
OOH
BRRR
GWOOO
ET PUISQUE TU LE DÉSIRES, NOUS ALLONS ESSAYER CE FAMEUX SORT D'INVOCATION !
BRRR
VOUS VOUS RESSEMBLEZ TOUS LES DEUX...
SUIVEZ-MOI ! NOUS ALLONS COMMENCER LES PRÉPARATIFS SUR LE TOIT DU LYCÉE !
COME ON !
EH BEN... TU PARLES D'UN CHANGEMENT...
HÉ HÉ !
FWYUUUSH
IL EST HEUREUX QUE TU SOIS VENU À SON SECOURS. TU ES REDEVENU SON AMI.
C'EST AINSI QUE FONCTIONNENT LES ÊTRES HUMAINS.
PEUH... JE NE COMPRENDRAI JAMAIS...

LES MÉTHODES D'INCANTATION SONT TRÈS VARIÉES... ELLES EXISTENT DEPUIS TOUJOURS, ET PARTOUT DANS LE MONDE. IL Y A EU LES SORCIÈRES, LES MARABOUTS, LES MIKO, ET J'EN PASSE... LES CRÉATURES INVOQUÉES DIFFÈRENT ELLES AUSSI SELON LA PERSONNE QUI LES APPELLE.
CE QUE NOUS ALLONS FAIRE MAINTENANT, C'EST INVOQUER UNE CRÉATURE DE L'AU-DELÀ.
C'EST PARTI !
FWAP
AAAS, BEK, LUUU, ETOF, A, IEND....
JE NE CONNAIS RIEN À LA MAGIE HUMAINE, MAIS ÇA A L'AIR D'ÊTRE DU SÉRIEUX...
QUE S'OUVRENT LES PORTES DE L'AUTRE MONDE, CONFORMÉMENT AU PACTE !

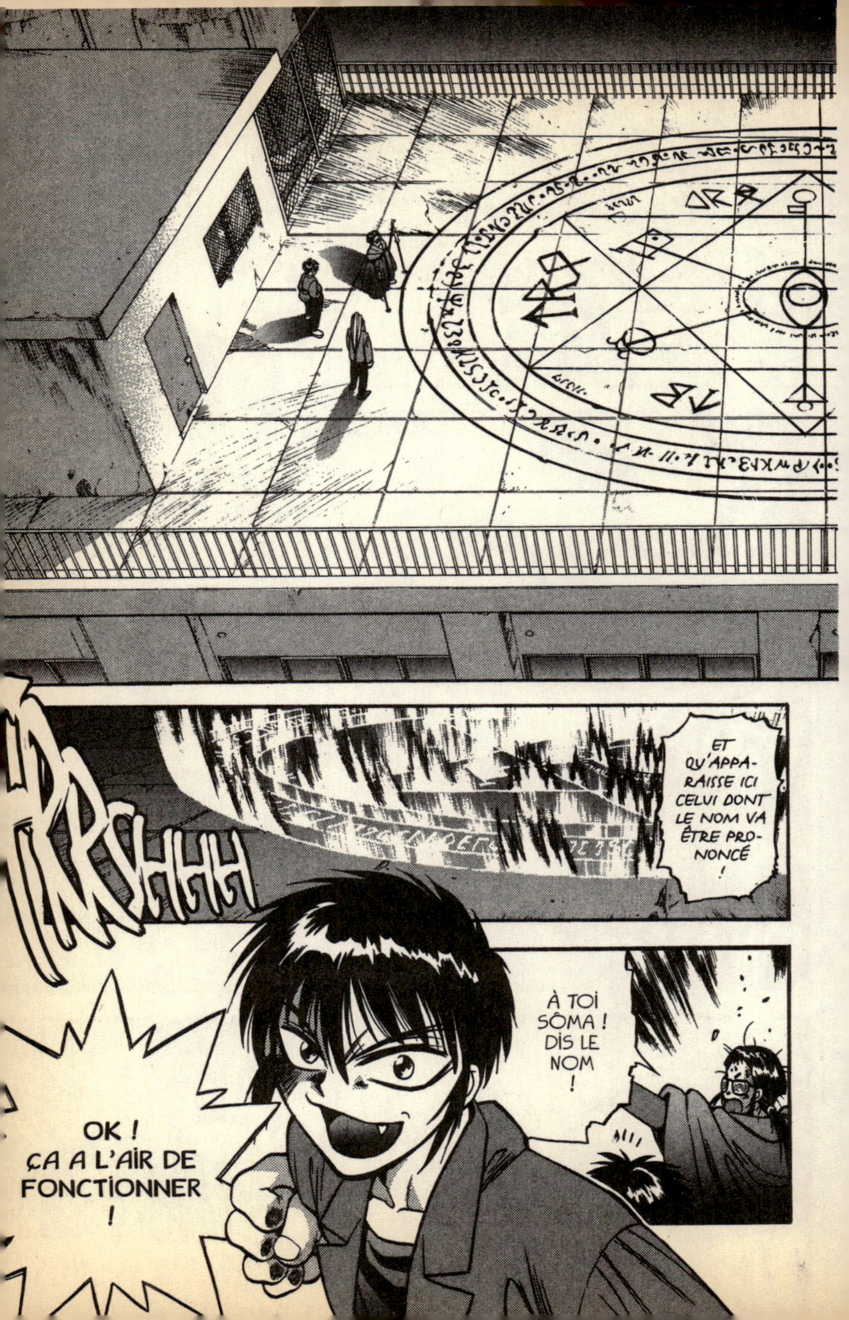
PRSHHH
ET QU'APPARAISSE ICI CELUI DONT LE NOM VA ÊTRE PRONONCÉ !
À TOI SÔMA ! DIS LE NOM !
OK ! ÇA A L'AIR DE FONCTIONNER !

REJOINS-MOI, FIDELE CERBERE !
KCHAA
PSHIII
OH ! ÇA A MARCHÉ !
M... MON DIEU !
MIÂÂÂ
FWAM
HMM ?
MIÂ ÂÂ
FWIP
FWIP
UN CHAT ?

3e ÉPISODE :
LE BATCAT

PSHHHHH
UN CHAT ?
MIAÂÂ ?
C'EST QUOI, CETTE ARNAQUE ?!

C'EST PAS MON CERBÈRE ! CE N'EST QU'UN CHAT !
SLURP
SLURP
AAAH... ENCORE LOUPÉ...
GRRR
DOMMAGE
GRRR
...
MOI, PAR CONTRE, JE VAIS PAS TE LOUPER ! DIRE QUE JE TE FAISAIS CONFIANCE !
HÉ ! DU CALME, SÔMA !
SKRITCH
AAAAH ! MON MAN-TEAU !
MÊME SI L'INCANTATION A ÉCHOUÉ, UN CHAT EST QUAND MÊME APPARU...
CE N'EST PAS SI MAL POUR UN HUMAIN QUI S'ESSAIE À LA MAGIE...
PAS VRAI, YAKUMI ?
LÂCHE-MOI !
SCRUP
...
IL N'Y A PAS QUE SÔMA QUI A CHANGÉ... TU N'ES PLUS LE MÊME NON PLUS, KANNA...
FLUP
AH...

AUTREFOIS, TU NOUS FRAPPAIS SANS RAISON...
QUAND JE VOUS VOIS, J'AI ENVIE DE VOUS TABASSER !
ARRÊTE, KANNA !
KANNA... J'AIMERAIS QUE TOI AUSSI, TU DEVIENNES MON AMI !
SNIF
SNIF
AHEM... AHA-HAH...
OUBLIONS LE PASSÉ...
ZOM
JE ME DEMANDE SI LE CHAT QUI EST APPARU EST UN ANIMAL NORMAL, OU BIEN SI...
AH !
MAIS OUI...
C'EST ÉVIDENT ! CETTE BESTIOLE A DES POUVOIRS MALÉFIQUES !
FWISCH
MIÂÂÂ ? MIAÂÂ ?
MIAÂÂ ?

SAUTE-LUI DESSUS ET DÉCHIQUETTE-LE AVEC TES CROCS ACÉRÉS !
HÉ !
ZUP
MIÂÂÂ
MONTRE-NOUS COMMENT TU CRACHES DES FLAMMES !
MIÂÂÂ
ALLEZ ! ENVOLE-TOI !
GWOOO
MIÂ ÂÂ
BAM BAM
BAH ALORS ?! TU NE SAIS RIEN FAIRE ?!
HMM...
JE L'AI DÉJÀ VU QUELQUE PART, CE CHAT...
CLIC
ÇA Y EST ! JE ME SOUVIENS !

C'EST BIEN TOI... C'EST TOI QUI M'AS FAIT TOMBER DU TOIT EN ME MARCHANT SUR LES DOIGTS...
FU FU FU FU FU
AH BON ? JE CROYAIS QUE C'ÉTAIT TOI QUI T'ÉTAIS JETÉ DANS LE VIDE...
CETTE SALETÉ DE BESTIOLE A DÉCIDÉ DE SE MOQUER DE MOI... PAR DEUX FOIS, ELLE S'EST MISE EN TRAVERS DE MON CHEMIN...
ÇA VA BARDER POUR TOI !
HÉ HÉ HÉ
BAFF
!
OUH LÀ LÀ... C'EST PARTI...
...
JE VAIS LE TUER...
KRSSP
BRRLL

SDOM
JE VAIS TE RÉDUIRE EN BOUILLIE !
WOOSH
AÏE! AÏE! AÏE! AÏE!
FWIP
FWIP
FWAP
AH ?
BOIIIIING
ZLAM
JE TE TIENS...
PFUAAA
HEIN ?

NE BOUGE SURTOUT PAS, CHAT DE MALHEUR !
TA DA DA DA DA
!
!
TAP
FWOOSH
SÔMA, DOU... DOUCEMENT ! NE FAIS PAS...
SBAM
AH !
AH !
POU... POURQUOI ?
SNIF SNIF
SC RIIC
HUMPF ?!
WHUP

OH ! NON !!
GNAP
AH... MON CORPS A ENCORE RÉAGI TOUT SEUL..

GAR... GARDER L'ÉQUILIBRE... SURTOUT, NE PAS PANIQUER !
BRRLL
BRRLL
MIAÂÂ ?
OK ! C'EST BON !
HUP
OUF !
BRRLL
BRRLL
MIA ÂÂÂ !
AH !
SÔ... SÔMA ! YAKUMI !
FTAP
SALOPERIE DE CHAT !

ÇA VA MAL... CE COUP-LÀ, LA MAGIE DE SWORD N'EST PAS EFFECTIVE... ILS VONT S'ÉCRASER !
AH ?!
FWOOP
MIA ÂÂÂ ÂÂÂ ÂÂÂ !
MIA ÂÂ
ZOM
BON SANG DE BON SANG ! JE VAIS M'ÉTALER COMME UNE CRÊPE
HY!!!!
PAC
HMM ?
MIAÂÂÂ
QU'EST-CE QUE TU FOUS SUR MON DOS, SALE BÊTE ?!
GNIP
ZO ZO ZOM
MIAÂÂÂ ?

PFLAP

FLA
QUOI ?!
GNIP
MIAÂÂ
ÇA... ÇA ALORS... !

FLAP
FLAP
STAP
MIAÂ ÂA
CES AILES NE LAISSENT AUCUN DOUTE... C'EST UN BATCAT !
BATCAT : ANIMAL SURNATUREL QUI APPARAÎT DE TEMPS À AUTRE SUR TERRE POUR SE PROMENER. DE NOMBREUX TÉMOIGNAGES ATTESTENT SON EXISTENCE AUX ÉTATS-UNIS, DANS LE NEW JERSEY. C'EST POUR CETTE RAISON QU'ON LE SURNOMME AUSSI "JERSEY DEVIL".
HA AA
HA AA
HÉ HÉ HÉ... FORMIDABLE...
GWAAHAHAHAH
MIA ÂA ?
JE SAVAIS BIEN QU'ELLE ÉTAIT SPÉCIALE, CETTE BESTIOLE !

!!
FWIP
MI AÂÂ
HMM ? UN PROBLÈME ?
QU'EST-CE QUI M'A PRIS DE SAUVER CE CRÉTIN ? JE ME LE DEMANDE...
AH OUI... J'L'AVAIS OUBLIÉ CELUI-LÀ...
TU PARLES D'UN RINGARD !
AHAHAH... REGARDEZ LE DÉMON QUI SAUVE LES HUMAINS !
UN DÉMON NE DOIT PAS SAUVER DES VIES HUMAINES, MÊME INCONSCIEMMENT... C'EST LA HONTE !
L'AUTRE JOUR C'ÉTAIT NANAMI, ET MAINTENANT CET AHURI... SI LES AUTRES APPRENNENT ÇA, JE VAIS ÊTRE LA RISÉE EN ENFER !
GRRRR

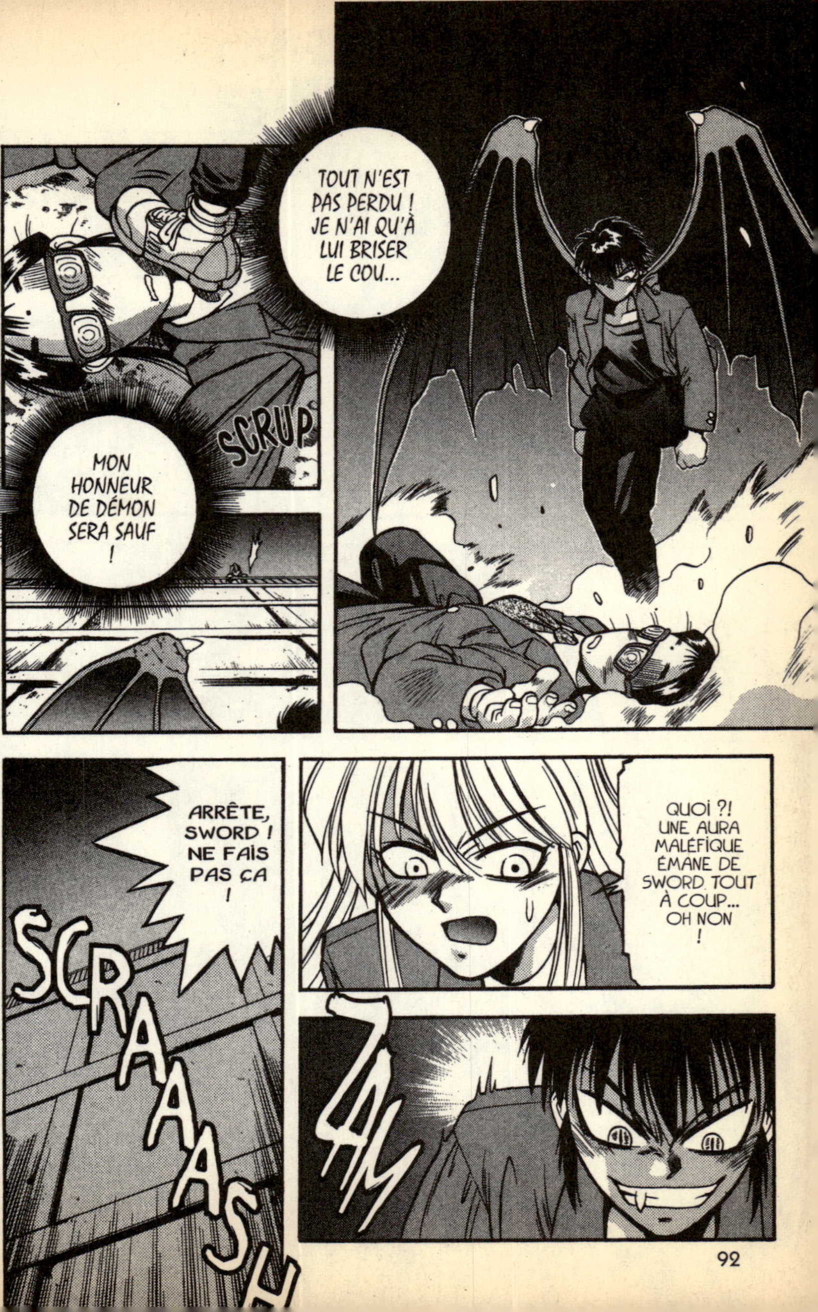
TOUT N'EST PAS PERDU ! JE N'AI QU'À LUI BRISER LE COU...
SCRUP
MON HONNEUR DE DÉMON SERA SAUF !
QUOI ?! UNE AURA MALÉFIQUE ÉMANE DE SWORD TOUT À COUP... OH NON !
ARRÊTE, SWORD ! NE FAIS PAS ÇA !
SCRAAASH
ZAM

!!
PSHHHHHH
GNUP
TSSS ...
IMPOSSIBLE DE FAIRE ÇA...
MON AMOUR PROPRE M'INTERDIT D'ÉCRASER UN TYPE SANS DÉFENSE !

WHAM
CE QU'IL ME FAUT, C'EST UN ADVERSAIRE À MA MESURE !
C'EST LE SEUL MOYEN DE SAVOURER LE GOÛT DE LA VICTOIRE !
DEPUIS QUE NOUS AVONS CES CORPS HUMAINS, IOS EST PLUS FORT QUE MOI !
MAIS MAINTENANT QUE J'AI DES AILES, JE PEUX ME DÉPLACER PLUS VITE QUE LUI !
ON REMONTE, MATOU !
MIÂ ÂÂ

À PRÉSENT QUE NOS FORCES SONT ÉQUILIBRÉES, NOUS ALLONS POURVOIR COMBATTRE !
DÉCIDÉMENT... TU ES INCORRIGIBLE..
NORMAL POUR UN DÉMON...
QUOI ?!
EN TOUT CAS, ÇA M'A RASSURÉ QUE TU NE LUI AIES PAS FAIT DE MAL...
WHAAAS
C'EST BIEN PARCE QUE TU ES COMME ÇA QUE J'AI ACCEPTÉ DE ME BATTRE CONTRE TOI À 101 REPRISES...

EH BIEN, METS-TOI EN GARDE, CAR NOTRE 102E ET DERNIER COMBAT VA COMMENCER !

MIÂÂÂ
GNUP
PFUAAAA
NOUS ALLONS TERMINER ICI-BAS CE QUE NOUS AVONS COMMENCÉ LÀ-HAUT !
MIÂ ÂÂ
FTOP
HEIN ?

FLAP
HÉ ! OH !
RE... REVIENS ICI...
FLAP
MIÂÂÂÂ
DITES-MOI QUE JE RÊVE... !?
SBLAAAM
SÔ... SÔMA... ÇA VA ? PAS TROP DE BOBOS ?
PSHHHHH
FWAM
GLOURPS
REVIENS ICI TOUT DE SUITE, SALE CHAT DE GOUTTIÈRE !
FLAP
FLAP
MIAAAAA
KWAAAA!

SALE BÊTE... IL NE M'OBÉIT PAS...
...
COMMENT CE BATCAT A-T-IL PU APPARAÎTRE DANS LE CERCLE D'INVOCATION... ALORS QUE L'INCANTATION DE YAKUMI ÉTAIT LOIN D'ÊTRE PARFAITE...
LES PORTES QUI SÉPARENT LA TERRE DE L'AU-DELÀ NE S'OUVRENT POURTANT PAS SI FACILEMENT... C'EST ÉTRANGE...
HMM ?
SBLOM
S... SWORD ?
PSH
PLOC
PLOC
OH LÀ LÀ ! TU ES ENCORE BON POUR UN SÉJOUR À LA CLINIQUE...
...
IL SERAIT GRAND TEMPS QUE TU PENSES À MÉNAGER TON CORPS...
LÂ... LÂCHE-MOI ! J'AI PAS BESOIN DE TON AIDE... !
BRRLL
BRRLL
ALLONS, ALLONS ! NE LE PRENDS PAS COMME ÇA ! N'OUBLIE PAS QUE JE SUIS TON FRÈRE AÎNÉ...

PENSE UN PEU AUX FRAIS D'HOSPITA-LISATION !
SÔMA...
CLINIQUE JUNTENDA
POM
PF FF
QU'EST-CE QUE TU AS ENCORE FAIT POUR TE RETROUVER DANS CET ÉTAT ?!
BLA BLA BLA
QU'EST-CE QUE J'AI FAIT POUR MÉRITER ÇA ?
PFFF
VLAM
SÔMAAAAA, MON AMI ! DEVINE QUOI... J'AI TRACÉ UN NOUVEAU CERCLE D'INVOCATION !
NOUS ALLONS POUVOIR FAIRE UN NOUVEL ESSAI !
BRRLL BRRLL
DÉGAGE ! ESPÈCE D'INCAPABLE !
STUMB !
HYI !!!! !
CLINIQUE JUNTENDA

Le Lycée Rokubô
FWUP
PWOOOOOF
STAC
STAC
IL EST DÉJÀ TARD... J'ÉTAIS SI CONCENTRÉE SUR LA CORRECTION DES COPIES QUE JE N'AI PAS VU L'HEURE PASSER...
JE VAIS VITE RENTRER À LA MAISON... LE LYCÉE EST SI LUGUBRE LA NUIT TOMBÉE...
FWUUUUUUU
!
SCRIIISH
KYAAAAA

QUE ?
SHUU
SHUU
SCRUP
SCRUP
QU... QU'EST-CE QUE C'EST ?
SHUUP
SCRUP
KYAAAAAA

4E ÉPISODE :
UN BÉBÉ MYSTÉRIEUX
GR RR
HÉ HÉ… C'EST BIEN QUE TU AIES PU SORTIR SI VITE DE LA CLINIQUE. TÂCHE DE TE TENIR TRANQUILLE AUJOURD'HUI, HEIN ?
GR RR
ME TOUCHE PAS ! ET GARDE TES CONSEILS POUR TOI !
GR RR
BRASH
SÔ… SÔMA… QUE… QUE T'ARRIVE-T-IL TOUT À COUP ?
JE SUIS EN TRAIN DE M'DIRE QUE T'ES À CÔTÉ DE LA PLAQUE DEPUIS QUELQUE TEMPS !
T'ES UN ANGE ET JE SUIS UN DÉMON ! NOUS SOMMES ENNEMIS ! ET MÊME SI, ICI, NOUS SOMMES CENSÉS ÊTRE JUMEAUX…
TU PEUX TE FOURRER TA FRATERNITÉ LÀ OÙ JE PENSE !
ZOM

4e ÉPISODE : UN BÉBÉ MYSTÉRIEUX

SCRUT
D'ACCORD, J'AI BIEN COMPRIS LE MESSAGE... MAIS..
DZWIIIIM
ET SOUVIENS-TOI QUE JE SUIS TOUJOURS DÉCIDÉ À EN FINIR AVEC TOI DÈS QUE L'OCCASION SE PRÉSENTERA !
SBLAAM
GLOUPS
OU RG
TIENS... CE SONT LES FAMEUX JUMEAUX !
...
BROUHAHA
QU'EST-CE QU'ILS FONT, CES DEUX-LÀ ?
CE N'EST PAS LE BON ENDROIT POUR DISCUTER DE ÇA...
BROUHAHA
SALUT, SÔMA ! TES BLESSURES ONT L'AIR D'ÊTRE COMPLÈTEMENT GUÉRIES, PAS VRAI ?
FWASCH
AÏE ! QU'EST-CE QUE...
FWIP
BON, PUISQUE TU ES REMIS, JE PEUX T'ANNONCER UNE NOUVELLE EXTRAORDINAIRE !

IL Y A DU NOUVEAU DANS L'AFFAIRE DU MYSTÉRIEUX BÉBÉ ABANDONNÉ !
DE QUOI S'AGIT-IL, NANAMI ?
ENCORE ELLE..
C'EST QUOI CETTE HISTOIRE DE GOSSE ABANDONNÉ ?
AH ! C'EST VRAI QUE TU ÉTAIS ENCORE À LA CLINIQUE, TOI...
LE LENDEMAIN DE TON HOSPITA-LISATION, UN BÉBÉ A ÉTÉ DÉCOUVERT DANS L'ENCEINTE DU LYCÉE...
MAIS BIZARREMENT, IL ÉTAIT AU MILIEU D'UN TAS DE VÊTEMENTS POUR FEMMES ADULTES !
ÇA SE PASSE PAS COMME ÇA D'HA-BITUDE ?
PSST
NON, PAS TOUT À FAIT...
ET IL SE TROUVE QUE DEPUIS CE MÊME JOUR, MLLE REIKO, LA PROF D'ANGLAIS, A DISPARU...
OUUUIN
OR, LA POLICE A DÉCOUVERT QUE LES VÊTEMENTS AUTOUR DU BÉBÉ ÉTAIENT CEUX DE MLLE REIKO...
VOILÀ ! LE COURS EST TERMINÉ POUR AUJOUR-D'HUI...
LES ENQUÊTEURS SE SONT DONC DEMANDÉS SI L'ENFANT N'ÉTAIT PAS LE SIEN... MAIS MLLE REIKO N'EST PAS DU GENRE À S'ENFUIR EN ABANDONNANT UN BÉBÉ...

NOOOOOOON
OUIIIIN
OUIIIIN
ET PUIS, M. KUMAGAYA, LE PROF D'ÉDUCATION PHYSIQUE, A AFFIRMÉ QUE...
DU CALME M. KUMAGAYA...
LE BÉBÉ N'ÉTAIT AUTRE QUE MLLE REIKO ELLE-MÊME ! IL A INSISTÉ EN DISANT QU'IL EST LE MIEUX PLACÉ POUR LA RECONNAÎTRE, VU QU'ILS SONT FIANCÉS.
VOUS IMAGINEZ UN PEU L'ÉMOI QUE CETTE DÉCLARATION A PROVOQUÉ !
EN TOUT CAS, MLLE REIKO N'A PAS TRÈS BON GOÛT...
EUH... MAIS MLLE REIKO EST ADULTE, ET C'EST UN BÉBÉ QU'ON A TROUVÉ...
VOILÀ ! C'EST LA NOUVELLE EXTRAORDINAIRE ! L'EXAMEN D'ADN A RÉVÉLÉ QUE CE BÉBÉ ÉTAIT BEL ET BIEN MLLE REIKO !
BAH... ÇA NE VOUS ÉTONNE PAS PLUS QUE ÇA ?
PAS DE RÉACTION ?
...
PEUH !
PEUH ! TU PARLES D'UNE GRANDE NOUVELLE ! C'EST LE GENRE DE TRUCS QUI ARRIVENT CENT FOIS PAR JOUR DANS LE MONDE DES TÉNÈBRES !
S... SWORD ! TAIS-TOI !
LE MONDE DES TÉNÈBRES ? DE QUOI TU PARLES ?
AHAH... CE N'EST RIEN, NE FAIS PAS ATTENTION À CE QU'IL DIT...
FWAP
ALORS COMME ÇA, CE GENRE D'INCIDENT N'EST PAS RARE DANS LE MONDE DES TÉNÈBRES ? POURVU QUE...
HHMMM
HHMMM

DEVIL DEVIL

SALLE DE PRÉPARATION
DÉPÊCHE-TOI ! PRENDS VITE CE QU'IL NOUS FAUT POUR LE PROCHAIN COURS ET SORTONS D'ICI...
JE FAIS CE QUE JE PEUX !
CETTE PIÈCE ME FAIT FROID DANS LE DOS, ELLE EST LUGUBRE, MÊME EN PLEINE JOURNÉE
TU ES AU COURANT ? IL PARAÎT QUE DES SPECTRES APPARAISSENT ICI ! UN GARÇON DE LA CLASSE D EN A VU UN !
TAIS-TOI ! TU ME FOUS LA TROUILLE !
ÇA VA ! CE SONT JUSTE DES HISTOIRES ! TU ES DRÔLEMENT PEUREUSE, RYÔKO !
TU SAIS BIEN QUE LES FANTÔMES ET LES MONSTRES N'EXISTENT PAS ! VOYONS !
SHUP
P... PEUT-ÊTRE, MAIS..
KYAAAA !
BLAM !
RY... RYÔKO ?!
!!

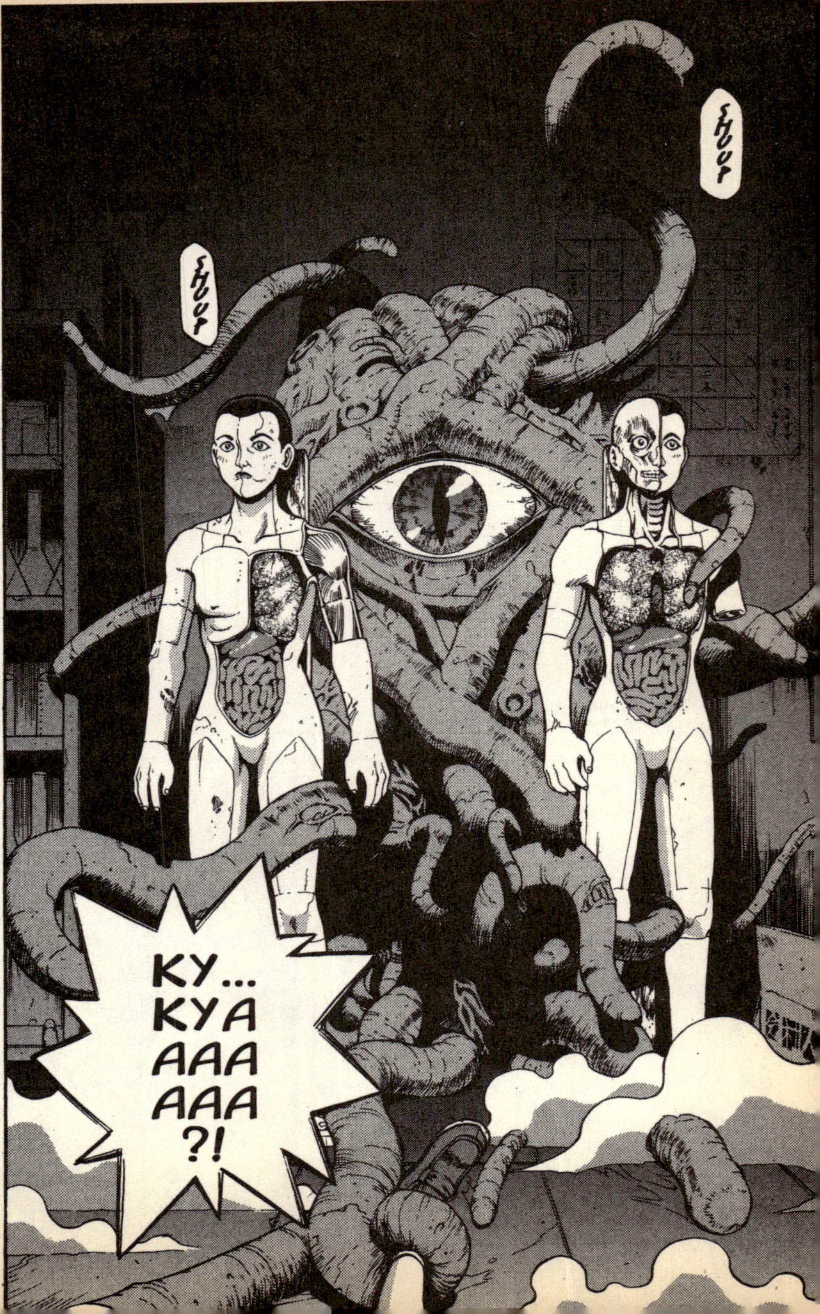
SHOUP
SHOUP
KY... KYAAAAAAA?!

STOMP
AU SECOURS ! QU'EST-CE QUE C'EST QUE CETTE HORREUR ? À L'AIDE !
ZLUP
STOMP
KYKYAAAAAAAA !
ZLUP
STOMP
ZLUP
AH...
AH...
OUUIIN
GLA GLA
GLA GLA
OUIIIIIN
OUUUIIN
Oui iiin
ZLUP

QU'EST-CE QUE TU VEUX, IOS ? POURQUOI TU M'AS DEMANDÉ DE VENIR ICI ?
LE LENDEMAIN DE TON ENTRÉE À LA CLINIQUE, J'AI RESSENTI UNE AURA MALÉFIQUE À L'ÉCOLE...
J'AI D'ABORD PENSÉ QU'IL S'AGISSAIT DE CELLE DU BATCAT QUI ÉTAIT APPARU LA VEILLE, MAIS...
AH ! CE SALE LÂCHEUR !
QUAND J'AI ENTENDU L'HISTOIRE DE NANAMI, CE MATIN... ET PUIS QUAND TU AS DIT QUE CE GENRE DE TRANSFORMATION D'ADULTE EN NOURRISSON ÉTAIT CHOSE COURANTE DANS LE MONDE DES TÉNÈBRES, J'AI EU UN DOUTE...
JE ME DEMANDE SI UNE CRÉATURE MALÉFIQUE N'AURAIT PAS RÉUSSI À S'INTRODUIRE SUR TERRE GRÂCE À CE CERCLE D'INVOCATION...
HMM... JE VOIS. C'EST VRAI QUE ÇA EXPLIQUERAIT TOUTE L'AFFAIRE QUE NOUS A RACONTÉE NANAMI...
MAIS JE NE VOIS PAS EN QUOI ÇA ME CONCERNE ?

C'EST ÉVIDENT, VOYONS ! NOUS DEVONS RENVOYER CETTE CRÉATURE AVANT QU'ELLE NE FASSE D'AUTRES VICTIMES !
TU TE FOUS DE MOI, OU QUOI ?
SCRUT
JE TE L'AI ENCORE RÉPÉTÉ CE MATIN... JE SUIS UN DÉMON...
PEU M'IMPORTE LE SORT DE CES MISÉRABLES HUMAINS ! FAUDRA TE DÉBROUILLER SANS MOI !
KWAAA
À MOINS QUE MONSIEUR L'ANGE N'AIT LES CHOCOTTES D'AFFRONTER UNE CRÉATURE DÉMONIAQUE TOUT SEU ?!
WHAAAHAHAHA
HM
S... SWORD... TU SAIS QUE...
NON ! JE NE SAIS PAS ! ET JE M'EN FOUS !
GRPPA
TOUT CE QUI M'INTÉRESSE POUR LE MOMENT, C'EST DE RETROUVER CET ABRUTI DE CHAT AILÉ !
SWO... SWORD !

PFF...
J'AURAIS DÛ ME DOUTER QUE JE NE POUVAIS PAS COMPTER SUR UN DÉMON POUR M'AIDER À CHASSER UNE CRÉATURE INFERNALE...
SI AU MOINS JE SAVAIS EXACTEMENT QUEL TYPE DE CRÉATURE JE DOIS CHERCHER...
HMM ?
CLUB DE RECHERCHES SUR LES SCIENCES OCCULTES
...
PAASH
COMMENT ? DES RENSEIGNEMENTS SUR UNE CRÉATURE INFERNALE ?!
ÇA, POUR UNE SURPRISE ! J'IGNORAIS QUE TOI AUSSI TU ÉTAIS INTÉRESSÉ PAR LE SUJET, KANNA...
EUH... ENFIN... C'EST-À-DIRE QUE...
AU FAIT, TU ES AU COURANT DE LA NOUVELLE ? ON A RETROUVÉ DEUX NOUVEAUX NOURRISSONS !

ZAM
QU... QU'EST-CE QUE TU DIS ?!
GLOUPS !
QUAND ÇA ?! OÙ ÇA ?! QUI ÇA ?!
GNAP
HYAAAA !
PENDANT LA PAUSE DÉJEUNER... DANS LA SALLE DE PRÉPARATION DU COURS DE SCIENCES... DEUX FILLES DE LA CLASSE E...
OUPS... PARDON !
HIII
HII
ELLES ÉTAIENT PARTIES PRENDRE LES ÉPROUVETTES POUR UNE EXPÉRIMENTATION, MAIS COMME ELLES NE REVENAIENT PAS, QUELQU'UN EST ALLÉ LES CHERCHER, ET...
À LEUR PLACE, IL Y AVAIT DEUX BÉBÉS...
PFYUUÛ... QUELLES SECOUSSES !
C'EST DE MA FAUTE... J'AURAIS DÛ AGIR PLUS VITE...
MON PETIT DOIGT ME DIT QUE TU AS L'INTENTION DE DÉCOUVRIR QUI A FAIT ÇA, PAS VRAI ?
GLOUPS
OUH LÀ... NON, NON... PAS DU TOUT...
C'EST TRÈS MALIN D'AVOIR PENSÉ QU'IL S'AGISSAIT D'UNE CRÉATURE DÉMONIAQUE... BIEN JOUÉ, KANNA !
CLIIING
FTOM
POUR TOUT TE DIRE, J'ÉTAIS JUSTEMENT EN TRAIN DE VÉRIFIER CETTE PISTE, MOI AUSSI ! ÇA TOMBE BIEN...

LA MYSTÉRIEUSE CRÉATURE N'A QU'UN ŒIL ET ELLE EST DOTÉE DE NOMBREUX BRAS... ET ELLE TRANSFORME EN NOURRISSONS TOUS CEUX QU'ELLE RENCONTRE...
OUIIIIN.
APRÈS EXAMEN MINUTIEUX DE L'ENSEMBLE DES RUMEURS QUI CIRCULENT, J'EN DÉDUIS QUE...
À MON AVIS, LA CRÉATURE RESSEMBLE À CE ROPER.
RESTE À SAVOIR QUELS SONT EXACTEMENT SES POUVOIRS... MAIS PUISQU'ELLE TRANSFORME LES GENS ADULTES EN BÉBÉS...
ON PEUT SUPPOSER QU'ELLE ABSORBE LE TEMPS VÉCU PAR SES VICTIMES... AUTREMENT DIT, ELLE SUCE LEUR VIE...
ROPER
UNE CRÉATURE QUI ABSORBE LE TEMPS ? J'AI DÉJÀ ENTENDU PARLER DE ÇA...
ON DIT QU'UNE CRÉATURE VIVANT DANS LA FORÊT MALÉFIQUE DU MONDE DES TÉNÈBRES, POSSÈDE DE TELS POUVOIRS...

LE CERCLE D'INVOCATION ÉTAIT DONC BIEN EN CONNEXION AVEC LE MONDE DES TÉNÈBRES...
J'AURAIS DÛ PRENDRE SOIN DE L'EFFACER... MAIS JE N'AI PAS PENSÉ QUE LE SORT D'INCANTATION POUVAIT ÊTRE ENCORE EFFICACE...
SURTOUT QUE C'EST YAKUMI QUI L'A PRONONCÉ..
HMM ? QUELQUE CHOSE NE VA PAS, KANNA ?
RIEN... BON, JE VAIS TE LAISSER TRAVAILLER !
BLAM
HEIN ? TU... TU T'EN VAS DÉJÀ ?
À MOINS QUE QUELQUE CHOSE D'AUTRE NE SOIT À L'ORIGINE DE L'APPARITION DE CETTE CRÉATURE ?
MAIS CE N'EST PAS LE MOMENT DE SE PERDRE EN SUPPOSITIONS...
IL FAUT VITE RENVOYER CE MONSTRE D'OÙ IL VIENT !

COMMENT ?! QU'EST-CE QUE TU AS DIT ?!
KANNA EST RESTÉ SEUL AU LYCÉE POUR CHERCHER LE RESPONSABLE DE CES TRANSFORMATIONS ?!
OUAIS, ÇA M'EN A TOUT L'AIR...
...
TSS
QU'EST-CE QU'IL POURRA BIEN FAIRE SANS SES POUVOIRS ?
TSS
ET PENDANT CE TEMPS-LÀ, TOI TU RESTES VAUTRÉ À NE RIEN FAIRE ?!
HEIN ?
GLOUPS
JE N'ARRIVE PAS À CROIRE QUE VOUS ÊTES FRÈRES TOUS LES DEUX ! SI JAMAIS IL ARRIVE QUELQUE CHOSE À KANNA, C'EST TOI QUE JE TIENDRAI POUR RESPONSABLE !
PKAAM
OUCH !

ÎL FAUT TOUT DE SUITE RETOURNER AU LYCÉE ! TU AS COMPRIS, SÔMA ?!
HEIM ?
KANNA, KANNA... ÎL N'Y EN A QUE POUR LUÎ...
LA VACHE...
ATTENDS VOÎR...
TU NE SERAÎS PAS AMOUREUSE DE LUÎ PAR HASARD ?
QU... JE...
KYAA
OH ! J'AÎ MÎS DANS LE MILLE, ON DÎRAÎT...
UN ANGE ET UNE HUMAINE... QUEL COUPLE !
BOUM
BOUM
PAS DU TOUT ! NE DÎS PAS N'ÎMPORTE QUOÎ, VOYONS !
COUICH
EH BEN VAS-Y DONC TOUTE SEULE, AU LYCÉE... MOÎ, C'EST PAS MES OÎGNONS !
SÎ TU ES VRAÎMENT AMOUREUSE, TU N'AS QU'À ALLER LE PROTÉGER !

PROTÈGE CE À QUOI TU TIENS...
ACQUIERS PAR LA FORCE CE DONT TU AS ENVIE...
ET ÉCRASE CEUX QUE TU NE PEUX PAS PIFFER !
COUICH
TELLE A TOU-JOURS ÉTÉ MA DEVISE !
BLONG
HUMPF !
ARRÊTE DE DIRE N'IMPORTE QUOI !
ET TOI, ARRÊTE DE ME BALANCER DES TRUCS DANS LA TRONCHE !
GRAAA
!
BRRL
BRRL
IMBÉCILE... C'EST MÉCHANT, CE QUE TU DIS...
SNIIF

HOLÀ ! POURQUOI TU PLEURES, MAINTENANT ?!
GLOUPS
AUTREFOIS TU ÉTAIS PEUT-ÊTRE PEUREUX ET MALADROIT, MAIS...
AU MOINS, TU NE DISAIS PAS DES CHOSES AUSSI AFFREUSES...
...
PAASH
PAUVRE IMBÉCILE ! JE TE DÉTESTE !
URGH !
RESTE DONC TOUT SEUL DANS TON COIN À VIVRE EN ÉGOÏSTE !
VLAM
...
SLAM
NIGHT OF THE LIVING DEAD
JE SUIS UN DÉMON, BON SANG ! QUEL MAL Y A-T-IL À ÊTRE ÉGOÏSTE ?!
TSSS!
KRI ISP

?!
KRIISP
C'EST QUOI CETTE ÉTRANGE DOULEUR DANS MA POITRINE ?
MAIS MOI JE SUIS UN DÉMON ! JE NE DEVRAIS PAS RESSENTIR ÇA...
OH NON... ÇA DOIT ÊTRE CE QUE LES HUMAINS APPELLENT UNE PEINE DE CŒUR...
C'EST PAS BIENTÔT FINI ?! ÇA FAIT MAL À FORCE !
RÂÂÂH ! Y EN A MARRE !
KRII SP
KRII SP
C'EST PAS VRAI ! LES SENTIMENTS DU MINABLE QUI OCCUPAIT CE CORPS AUPARAVANT REMONTENT À LA SURFACE...

PEUH...
JE N'AI PAS BESOIN DE LUI ! JE PEUX TRÈS BIEN ME DÉBROUILLER TOUTE SEULE !
OÙ PEUT-IL BIEN ÊTRE ?
SALLE DE PRÉPARATION
IL A SÛREMENT DÛ ALLER DANS LA SALLE DE PRÉPA...
HÉ HO ! KANNA ! TU ES LÀ ?
BOM BOM
ZOM
ZOM
SHOUUUF
ZUT... IL N'EST PAS ICI...
SHOUUUF

RAAAAH... IMPOSSIBLE DE DORMIR AVEC CETTE DOULEUR DANS LA POITRINE !
LES HUMAINS SE PORTERAIENT BIEN MIEUX S'ILS N'ÉPROUVAIENT PAS DE TELS SENTIMENTS !
STAP
FWUUUSH
ENFIN BON... SI CETTE CRÉATURE INFERNALE EXISTE VRAIMENT...
ÇA POURRAIT ÊTRE AMUSANT DE LA PRENDRE À MON SERVICE !

5e ÉPISODE :
LE DEUXIÈME SUPPÔT

PEUT-ÊTRE QUE KANNA EST RENTRÉ CHEZ LUI APRÈS TOUT..
MAIS... MAIS ALORS...
ÇA VEUT DIRE QUE JE SUIS TOUTE SEULE ICI ?!
KYAAAH
OUH LA, LA ! JE N'AIME PAS DU TOUT ÇA !
WHAA!
WHAA!
OUH LA-LA !
HMM ?
COUIC
...
J... J'AI MARCHÉ SUR QUELQUE CHOSE DE MOU ?
ZAAAA....

PFFF...
STAC
JE SENS TOUJOURS CETTE AURA MALÉFIQUE, MAIS JE N'ARRIVE PAS À DÉTERMINER D'OÙ ELLE PROVIENT..
ET MÊME SI JE TROUVE CE MONSTRE, JE N'AI PAS LES POUVOIRS SUFFISANTS POUR LE VAINCRE...
IL Y A BIEN CE PETIT SAC MYSTÉRIEUX QUE M'A REMIS YAKUMI... MAIS J'IGNORE S'IL ME SERA D'UNE QUELCONQUE UTILITÉ...
TIENS ! VOICI UNE ARME SECRÈTE !
BON... JE VAIS RETOURNER DANS LA SALLE DE PRÉPARA...
KYAAAAAH !
C... CETTE VOIX ! C'EST...

AU SECOURS ! LÂCHE-MOI !
SCRIIIP
BLAM
COUCHÉE, SALE BÊTE !
KYAAAA !
C'EST QUOI, CET IGNOBLE MONSTRE ?!
GLUB
OH NON !
FWUP
KYAAA ! À L'AIDE !
FWSSHH
SLASH

FWAP
HEIN ?!
KSHAAAAAA
PSH!!!!!
KYAA !!!
MIAAA
KSHIIING
WHOOP
HÉ ! ATTENDS !
UN... UN CHAT...
WHOOP
BOM
HUMPF
AÏE... QU'EST-CE QU...
VITE ! JE DOIS M'ENFUIR MOI AUSSI !
STAP
STAP
SHAAAAA
GLUPS

NANAMI ! QUE FAIS-TU ICI ?
SNIIF
...
KANNA ! POURQUOI T'ES PAS ARRIVÉ PLUS TÔT ?!
OUUIIIIINN !
GNAAP
DU CALME, NANAMI... JE SUIS LÀ MAIN-TENANT !
NANAMI...
C'EST PAS FACILE À DIRE, MAIS...

HEIN ?
TON... EUH... TON SHORT...
Q... QUOI ?!
ZWAAAAAAM
KYAAAA ! CO... COMMENT ÇA SE FAIT ?!
FLAP
...
MON T-SHIRT AUSSI EST TROP GRAND... JE FLOTTE DEDANS COMME SI J'AVAIS RÉTRÉCI !
C'ÉTAIT DONC BIEN ÇA... LA CRÉATURE ABSORBE LA VIE DE SES VICTIMES...
!!

WHUUUUM
SHUUP
SHUUP
FWYUUUSH
NANAMI ! ATTEN-TION !
HEIN ?
SCRAAAASH
KYAAAAAAA !
BAAM

SLAM
HUMPF
NA... NANAMI ! ÇA VA ?!
NA-NAMI !
SA TÊTE A DÛ HEURTER LE SOL LORSQUE JE L'AI POUSSÉE...
SLUP
CE MONSTRE A L'INTENTION DE FAIRE DE MOI SA PROCHAINE VICTIME !
NANAMI ÉVANOUIE, JE NE PEUX RIEN FAIRE !
WHUP

BON... ME VOILÀ AU LYCÉE...
MAIS QU'EST-CE QUE JE FAIS MAINTENANT QUE JE SUIS LÀ ?
J'AURAIS L'AIR FIN S'IL N'Y A PAS DE CRÉATURE DES TÉNÈBRES..
HMM ?
ZOM
MIAÀÀ
GWAA !
AAAAH ! LE BATCAT DE L'AUTRE JOUR !
JE TE TIENS ! VIENS LÀ !

SCRIIITCH
EH BIEN, QU'ATTENDS-TU ?
VIENS DONC ABSORBER TOUT LE TEMPS QUE J'AI VÉCU, SI TU LE PEUX...
MAIS LAISSE-MOI TE DIRE QUE JE SUIS UN ANGE ET QUE JE VIS DEPUIS BIEN PLUS LONGTEMPS QUE N'IMPORTE QUEL HUMAIN !
GLUB

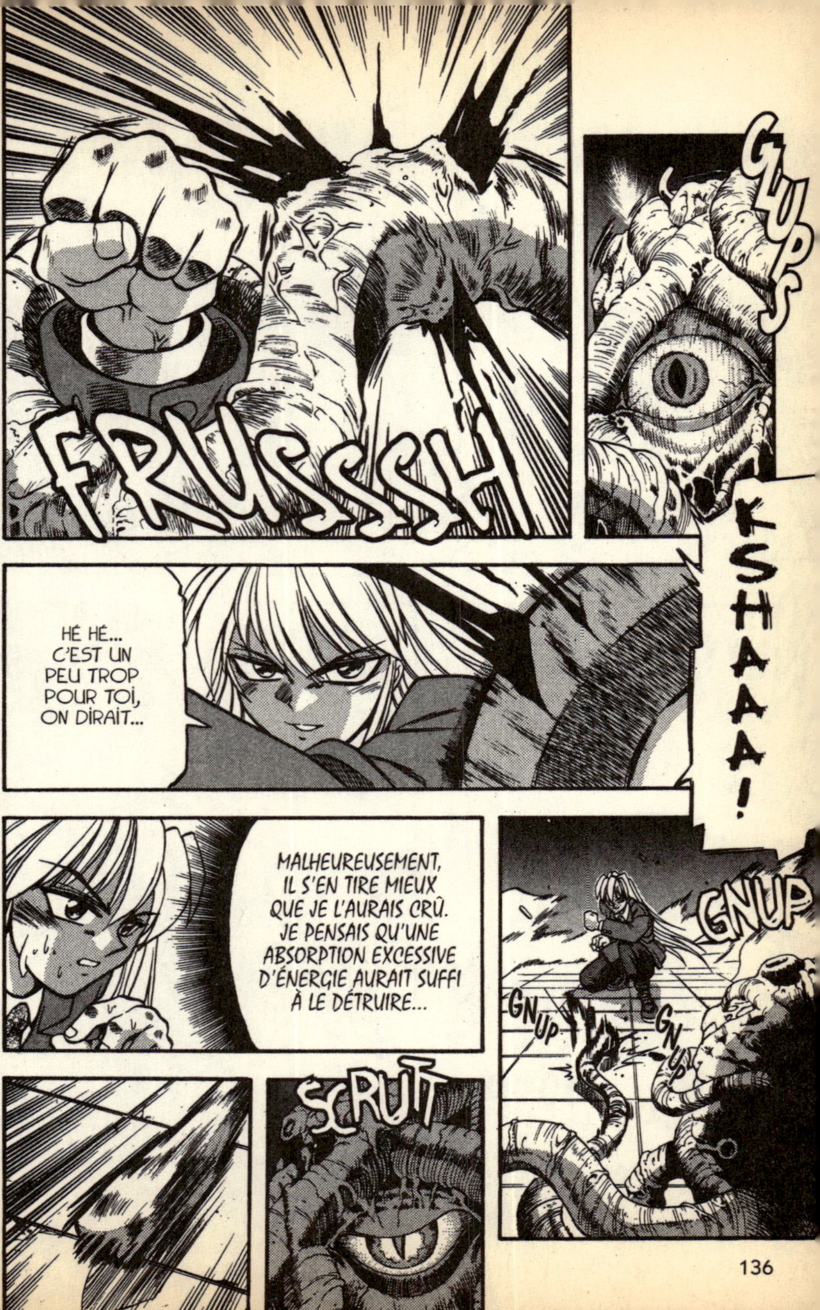
FRUSSSH
GLUPS
KSHAAAA!
HÉ HÉ... C'EST UN PEU TROP POUR TOI, ON DIRAIT...
MALHEUREUSEMENT, IL S'EN TIRE MIEUX QUE JE L'AURAIS CRÛ. JE PENSAIS QU'UNE ABSORPTION EXCESSIVE D'ÉNERGIE AURAIT SUFFI À LE DÉTRUIRE...
GNUP
GNUP
GNUP
SCRUTT

AH !
IL A CHANGÉ D'IDÉE ! CETTE FOIS, IL M'ATTAQUE DIRECTEMENT...
SCRRP
FWIIP
HUMPF... MÊME SI MON CORPS D'HUMAIN EST PUISSANT, JE NE SUIS PAS DE TAILLE À LUTTER AVEC LA FORCE DE CETTE CRÉATURE...
SCRRP
SCRRP
JE... JE COMMENCE DÉJÀ À FAIBLIR... MAIS JE NE PEUX PAS LAISSER NANAMI COMME ÇA...
HUNGH...
!!
ZAM
WHAAAHA-HAHAHAH ! ALORS, IOS ? QU'EST-CE QUE TU FABRIQUES ?

FLAP
TU M'AS L'AIR EN BIEN MAUVAISE POSTURE, MON ANGE !

SWO... SWORD... TU ES VENU À MON SECOURS !
HEIN ?
VITE ! EMMÈNE NANAMI EN LIEU SÛR !
HÉ HÉ HÉ...
NE TE MOQUE PAS DE MOI, IOS !
JE SUIS PAS VENU POUR T'AIDER !
C'EST CE MONSTRE QUI M'INTÉRESSE !
FLAP

MIAÂ ?
LE CHAT, PLUS LA CRÉATURE...
SHUU ?
C'EST PAS LE TOP DU TOP, MAIS C'EST DÉJÀ UN BON DÉBUT POUR CONSTITUER UNE LÉGION ET ÉTABLIR MA DOMINATION SUR LE MONDE DES HOMMES !
GAAH AHAH
QUOI ?!
SWO... SWORD ! TU ES IGNOBLE !
ÉVIDEM-MENT ! PUISQUE JE SUIS UN DÉMON !
MIAÂÂÂÂ !
HMM ?
FWOOSH
HÉ ! CRÉ... CRÉTIN DE CHAT ! QU'EST-CE QUE TU FAIS ?!
BLAAM
SBLOONG
AH !

MIAÂ ?
...
ABRUTI DE MATOU... !
BRRLL
BRRLL
ÇA VA, SWORD ?
C'EST POUR ÇA QUE JE N'AI JAMAIS AIMÉ LES ANIMAUX... ON NE SAIT JAMAIS CE QUI LEUR PASSE PAR LA TÊTE...
FLOP
HÉ, TOI ! LA CRÉATURE ! ÉCOUTE BIEN !
SHUUP ?
JE SUIS LE GRAND SWORD ! ET JE FAIS DE TOI MON DEUXIÈME SUPPÔT, JUSTE APRÈS CE STUPIDE CHAT !
FWISH
FTOP
QUE... ?

SCRUTT
FLAP
SHUUUUUUUP
SWO... SWORD ?
HEIN ?
JAMAIS ENTENDU PARLER.
BAH, MOI, J'TE CONNAIS PAS...
TU PLAISANTES OU QUOI ! TOUT LE MONDE CONNAÎT SWORD, LE PLUS PUISSANT DÉMON DES ENFERS !

6^E^ ÉPISODE : LE SOUFFLE DU BATCAT

SWORD ?
CONNAIS PAS...
K... KKK....
GRRR
GRRR
GWAAAAAH
QU'EST-CE QUE TU RACONTES, L'ABRUTI DE MONSTRE ?!

DANS LE MONDE DES TÉNÈBRES, PERSONNE N'IGNORE QUI EST LE PUISSANT SWORD !
WOOSH
TU VAS REGRETTER CET AFFRONT !
SHUUUU UUUP
BAFF
HUMPF.
SWORD, NON ! TU N'ES PAS EN MESURE DE...

GRRRR
TU AS OSÉ ME FRAPPER ! MISÉRABLE MONSTRE !
...
...
AOUCH ! AOUCH ! AOUCH ! AOUCH !
ET JE PEUX RECOMMENCER !
BAFF BAFF BAFF BAFF BAFF BAFF BAFF BAFF
AH !
PAM
DÉGAGE !
ET MAINTE-NANT...
SHUIUUUUU
...
AAAAH !
BLING
AAAAAAAAH !

J'AI EU TORT DE COMPTER SUR SWORD... IL N'A SERVI À RIEN...
ME VOILÀ DANS DE BEAUX DRAPS. COMMENT VAIS-JE POUVOIR STOPPER CE MONSTRE À PRÉSENT ?
ZOOP
SHU UP
SHU UP
DZOM
QU'EST-CE QUE... ?!
FWOP
LE SAC MYSTÉRIEUX QUE M'A DONNÉ YAKUMI A VIBRÉ...
秘
HMM...
SI TU RENCONTRES LA CRÉATURE, SERS-TOI DU CONTENU DE CE SAC. C'EST MON ARME SECRÈTE !
FAIS-MOI CONFIANCE, ÇA TE SERA UTILE !
EST-CE QUE JE PEUX VRAIMENT ME FIER À LUI ?

SCRUTT
UURGH..
GNI
IP
ALLEZ, JE N'AI PAS LE CHOIX !
IL NE ME RESTE QU'À FAIRE CONFIANCE À YAKUMI !
ZAAM
INCROYABLE ! C'EST EXACTEMENT CE QU'IL ME FALLAIT !
PAR-FAIT !
WHA
LE POIGNARD DE PARACELSUS : INSTRUMENT SUR LEQUEL EST GRAVÉE UNE INCANTATION D'EXORCISME. IL EST DIT QUE TOUT DÉMON PIQUÉ PAR CETTE LAME SERA AUSSITÔT MIS EN DÉROUTE.
RETOURNE DANS TA FORÊT MALÉFIQUE, MAUDITE CRÉATURE !

COUIC
SCRAAP
AH ?
SCROUIC
YAKUMI... CE TRUC N'EST QU'UN JOUET...
QUEL IDIOT JE FAIS...
...
SHUUUUUU
JE SUIS FOUTU...
UURGH !
SKKKRR
WOOSH

PSHHHHHH
PLIC
PLIC
HÉ... HÉ HÉ HÉ HÉ...
C'EST TOI QUI L'AURAS VOULU, SALE MÉDUSE !
TU VAS APPRENDRE CE QU'IL EN COÛTE DE FRAPPER LE GRAND SWORD !
BAM
TAAM

JE VAIS TE RÉDUIRE EN CHARPIE !
FWYUUUUSH
GRRRR-
SKRRR
SKRRR
HEIN ?
PLUS UN GESTE, SALE POULPE À DEUX BALLES !
SHUUUU
SWO... SWORD ?

AUCUNE CRÉATURE MINEURE N'A LE DROIT DE ME TENIR TÊTE, PAUVRE LARVE !
IL A COMPLÈTEMENT PÉTÉ LES PLOMBS...
BVOOM
QUE ÇA TE SERVE DE LEÇON !
BASH
BROOOOOO

GYAA !
CRÈVE !
HMM ?
PSHHUUUUP
QUE... ?
ÇA A FOIRÉ... JE NE PEUX PAS UTILISER MA MAGIE...
J'Y AI CRU POURTANT...
PSHHHHHH
MIAÂÂÂÂÂÂÂÂÂ...
QU'EST-CE QUE T'AS À MIAULER COMME ÇA, TOI ? TU VOIS PAS QUE..
MIAAA
C'EST ÉTRANGE... IL M'A BIEN SEMBLÉ VOIR UN FLUX MAGIQUE SE FORMER...
BRRLL BRRLL
HMM ?
KZZZM
KZZZM

OOOSH

QUOI ?!
ÇA ALORS !

KSHAAAAAAAAAAAAA
BDDRAAAAAAAM
URGH !
SHWAAA
BURP
PSHHHHHHH
...
S... SU...
PFUAAA
F-TOP
SUPER !
MIAAAA
FLAP
FLAP
CE CHAT EST GÉNIAL ! GRÂCE À LUI, JE...
AH ?
WHAAHAHAHAH

AAAAAAAAAAAAAAAH
...
BLOM
PFF FF...
ON A QUAND MÊME PU SE DÉBARRASSER DE LA CRÉATURE TANT BIEN QUE MAL... CE BATCAT EST VRAIMENT SURPRENANT...
LE FLUX MAGIQUE DE SWORD A ÉTÉ CATALYSÉ PAR LE CHAT ET EST RESSORTI TEL QUEL PAR SA BOUCHE...
CE QUI SIGNIFIE QUE GRÂCE À CET ANIMAL, SWORD EST EN MESURE D'UTILISER SES POUVOIRS... ÇA NE ME DIT RIEN QUI VAILLE...
FLUX MAGIQUE DE SWORD
ENFIN... JE DOIS BIEN RECONNAÎTRE QUE C'EST LUI QUI NOUS A SAUVÉS CETTE FOIS.
HMM...
AH!
TIENS... TU AS REPRIS TES ESPRITS, NANAMI ?

AH !
JE ME SOUVIENS ! J'AI RÉTRÉCI ET LE MONSTRE AVEC UN SEUL ŒIL NOUS A ATTAQUÉS, ET...
FWAP
SMILE
KA... KANNA...
CALME-TOI, NANAMI. TU N'AS PAS RÉTRÉCI DU TOUT... TU AS PROBABLEMENT FAIT UN CAUCHEMAR.
AH... C'EST VRAI...
HEUREUSEMENT, GRÂCE À LA DISPARITION DE LA CRÉATURE, NANAMI A RETROUVÉ SA TAILLE NORMALE... LA PROF D'ANGLAIS ET LES DEUX AUTRES ÉLÈVES SONT SANS DOUTE TIRÉES D'AFFAIRE, ELLES AUSSI...
OUF
MAIS... MAIS JE N'AI PAS RÊVÉ ! JE SUIS CERTAINE D'AVOIR VU CE MONSTRE CYCLOPÉEN ! MÊME QU'IL A ATTRAPÉ MA JAMBE !
AHEM
GRRR
...
EUH... À VRAI DIRE, VOIS-TU...

BRRM
BRRM
EMPAFFÉ DE MATOU...
QU'EST-CE QU'IL A À ME LARGUER COMME ÇA À CHAQUE FOIS ?
PSHHHHH
HMM ?
HI HI HI...
ENCORE UN PETIT SÉJOUR À LA CLINIQUE EN PRÉVISION, SÔMA !
IOS... NANAMI...
SÔMA... KANNA M'A TOUT RACONTÉ ! JE N'AI PAS DU TOUT APPRÉCIÉ CETTE HISTOIRE DE MONSTRE !
HEIN ?
SCRUUUTT
TU AVAIS MÊME PRÉPARÉ UN DÉGUISEMENT, HEIN ?
BOUH ! JE SUIS UN VILAIN MONSTRE !
ATTENDS UN PEU ! DE QUOI TU PARLES ?! SANS MOI, VOUS NE...
GRRR
SWAP
DÉSOLÉ, JE N'AI PAS PU LUI DIRE QUE LA CRÉATURE ÉTAIT BIEN RÉELLE... J'ESPÈRE QUE TU NE M'EN VEUX PAS...
IOS ! DEPUIS QUAND LES ANGES RACONTENT DES BOBARDS ?!
FWYUUUSH
N'ESSAIE PAS DE CHANGER DE SUJET EN RACONTANT N'IMPORTE QUOI, SÔMA !
LYCÉE ROKUBO

FWIP
GNUP
GNUP
FWIP
PLOC
SCHWAM
GYAA!
JE RESSENS UNE AURA MALÉFIQUE QUI ÉMANE DE CE LIEU..
L'AURA D'UN DÉMON...

7E ÉPISODE :
L'EXORCISTE

LYCÉE ROKUBÔ
FLAP FLAP FLAP
ÎL Y A ÎCÎ QUELQU'UN QUÎ A BESOÎN DE L'AÎDE DE DÎEU.
C'EST ÉTRANGE... J'AÎ UN MAUVAÎS PRESSENTÎMENT AUJOURD'HUÎ...
PTAM

SLAM !
ÇA COMMENCE À BIEN FAIRE ! Y EN A RAS-LE-BOL !
201
AMANO SÔMA
HAA !
CE QU'IL Y A ?.
HAA !
POURQUOI TE METS-TU DANS CET ÉTAT, SWORD ? QU'EST-CE QU'IL Y A ?
CALME-TOI. LE CHAT T'A LÂCHÉ DU HAUT DU BÂTIMENT. DIS-TOI QUE SI TU N'ÉTAIS PAS UN DÉMON, TU NE T'EN SERAIS PAS SI BIEN TIRÉ...
Y'A QUE J'EN AI PLUS QUE MARRE DE PASSER MON TEMPS DANS CETTE CLINIQUE ! UN DÉMON TEL QUE MOI N'A RIEN À FAIRE ICI !
?
J'Y ARRI-VERAI...

GRRRRP
JE FINIRAI PAR REDEVENIR UN VRAI DÉMON, TU VERRAS !
...
ON NE SAIT MÊME PAS COMMENT S'Y PRENDRE !
GNAP
PUISQU'ON NE SAIT PAS, ON N'A QU'À CHERCHER !
IL DOIT BIEN Y AVOIR UN MOYEN !
BOM
?!

SBLAM
S... SWORD ! QUE T'ARRIVE-T-IL ?
OUUURGH !
J... JE N'AI JAMAIS RESSENTI ÇA AUPARAVANT... J'EN AI LA NAUSÉE..
BLOM
BLOM
ÇA VIENT DE DERRIÈRE CE MUR... J'EN SUIS SÛR...
QUI EST-CE, QUE JE L'ÉCHARPE ?!
VLAM !!
EFFECTIVEMENT... JE RESSENS DEUX AURAS... L'UNE MALÉFIQUE, ET L'AUTRE NON...
IL NE S'EN TIRERA PAS VIVANT !

ZOOOOOOOOOOO
KÉ HÉHÉ HÉHÉ HÉ !
HMM ?

CROIS-TU POUVOIR ME CONJURER SI FACILEMENT ?!
RIDICULE PETITE EXORCISTE !
KÉ KÉ
KÉ KÉ KÉ
AU NOM DE NOTRE SEIGNEUR ! JE T'ORDONNE DE QUITTER CE CORPS IMMÉDIATEMENT, ET DE RETOURNER LÀ D'OU TU VIENS !
ZAAM
CALMEZ-VOUS, MADAME ! BON SANG ! QUE SE PASSE-T-IL ICI ?!
HYIIII ! MON FILS ! MON PETIT YOSHIO !
SKRRR
YO... YOS-HIO OO !
UNE EXORCISTE... VOILÀ LA CAUSE DU MALAISE DE SWORD...
MON FILS EST ENVOÛTÉ PAR UN DÉMON ! L'EXORCISTE ESSAIE DE LE CHASSER !
FROOOOOOSH

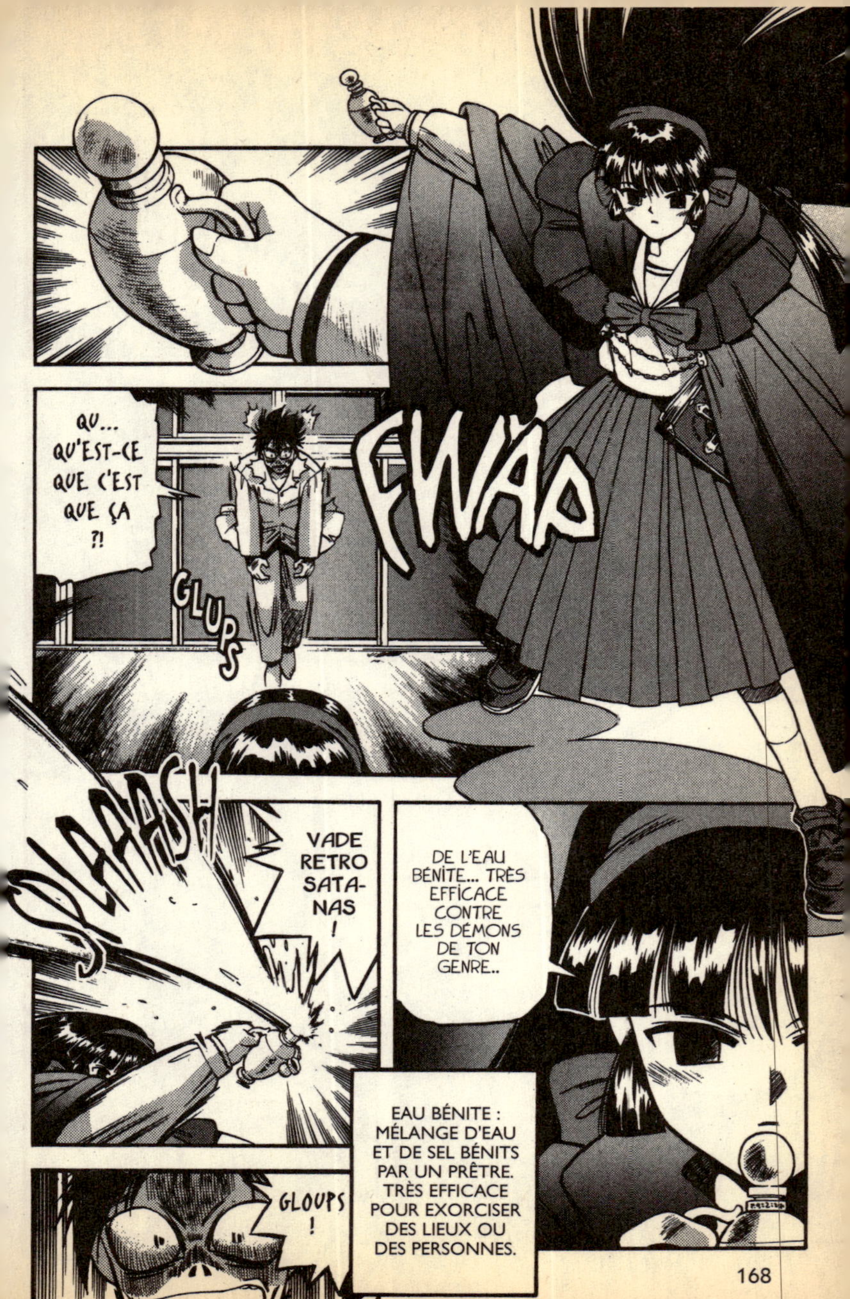
FWAP
QU... QU'EST-CE QUE C'EST QUE ÇA ?!
GLUPS
SLAAASH
VADE RETRO SATANAS !
DE L'EAU BÉNITE... TRÈS EFFICACE CONTRE LES DÉMONS DE TON GENRE..
EAU BÉNITE : MÉLANGE D'EAU ET DE SEL BÉNITS PAR UN PRÊTRE. TRÈS EFFICACE POUR EXORCISER DES LIEUX OU DES PERSONNES.
GLOUPS !

GYAAAAAH !!
OH !
PLAAASH
HMM ?
ERSSSSSHHHH
RAÂÂÂH ! ÇA BRÛLE !
PSHIIIIIT
GLOUPS!
AHAHAH... CE N'EST RIEN, NE FAITES PAS ATTENTION À NOUS...
HMM !! HMM !!
...
TAIS-TOI !
SI L'EAU BÉNITE TE BRÛLE, ELLE VA COMPRENDRE QUE TU ES UN DÉMON.

PSHHHHHH
YOSHIO... YOSHIO !
MA... MAMAN... ÇA Y EST... LE DÉMON EST PARTI...
TU PEUX DIRE À LA FILLE DE PARTIR... TOUT VA BIEN MAINTENANT...
FLOP
YOSHIO... TU ES REDEVENU NORMAL !
FWUP
NON ! CE N'EST PAS ENCORE FINI...
MAIS... MAIS YOS-HIO...
KSHHH
HÉ... HÉ HÉ HÉ...
TU ES FUTÉE, PETITE !
BRAOOM !!

CRASH
!!
SCRIISH
FLAP
HUMPF !
QU'EST-CE QUE C'EST QUE CE TRUC ENCORE ?!
WOW !

ÍLS SONT ÉNORMES !
TRÈS IMPRESSIONNANTS... SES SEINS SONT BEAUCOUP PLUS GROS QUE CEUX DE NANAMI...
COMME SI C'ÉTAIT LE MOMENT...
HUM HUM...
GYAHA HAHA HAH ! JOLIE POITRINE !
TU DOIS EN FAIRE FANTASMER PLUS D'UN AVEC DES OBUS PAREILS ?!
KÉ KÉ KÉ
KÉ KÉ KÉ
...
ZAAAAAAAAM
CETTE FOIS, TU AS DÉPASSÉ LES BORNES !
TIENS... ELLE A UN COMPLEXE AVEC SA POITRINE ?

KYAHAHA
ET ALORS ?! QUE COMPTES-TU FAIRE ? TU NE CONNAIS MÊME PAS MON VÉRITABLE NOM !
C'EST EXACT... TOUS LES DÉMONS CACHENT LEUR VÉRITABLE NOM... SI ELLE NE LE CONNAÎT PAS, ELLE NE POURRA PAS L'EXORCISER...
VOM
SI, JUSTEMENT... JE CONNAIS TON VRAI NOM.
QU... QUOI ?!
WHAM
STAM
LIVRE DE LA VÉRITÉ ! AU NOM DE NOTRE SEIGNEUR, RÉVÈLE-MOI LE NOM DE CE DÉMON !
ZAA !

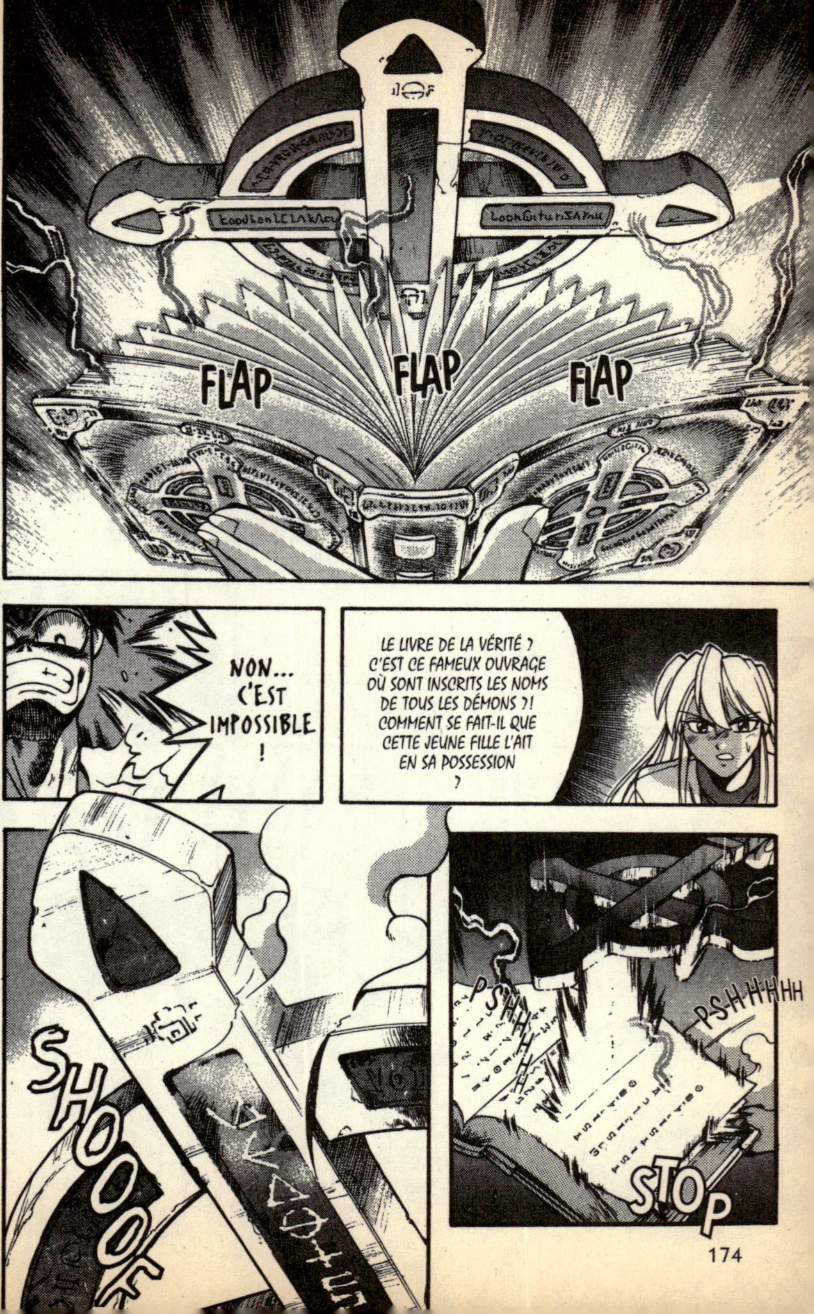

FLAP FLAP FLAP
LE LIVRE DE LA VÉRITÉ ? C'EST CE FAMEUX OUVRAGE OÙ SONT INSCRITS LES NOMS DE TOUS LES DÉMONS ?! COMMENT SE FAIT-IL QUE CETTE JEUNE FILLE L'AIT EN SA POSSESSION ?
NON... C'EST IMPOSSIBLE !
P-S-H-H-HHH
PSHHHHH
STOP
SHOOO

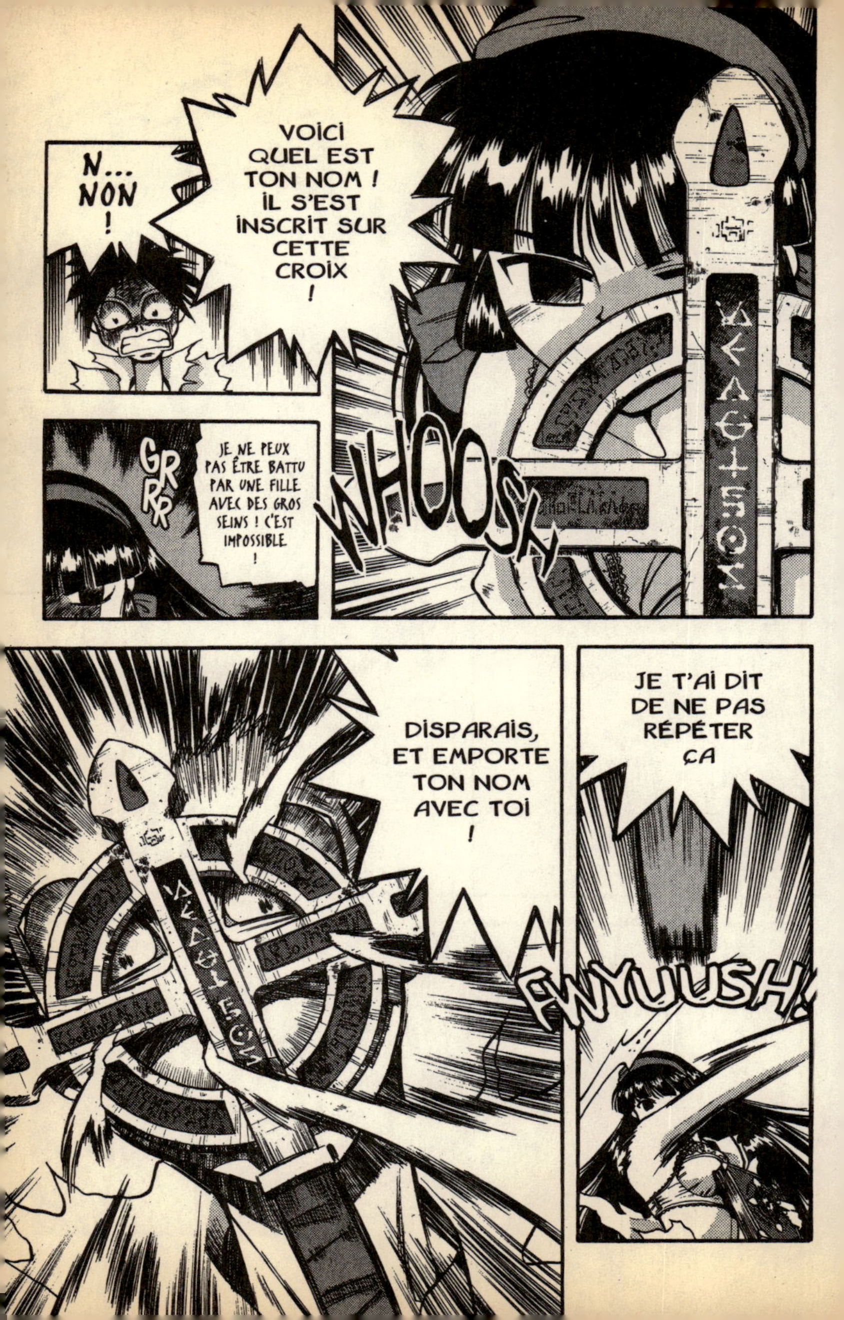
N... NON !
VOICI QUEL EST TON NOM ! IL S'EST INSCRIT SUR CETTE CROIX !
WHOOSH
GRRR
JE NE PEUX PAS ÊTRE BATTU PAR UNE FILLE AVEC DES GROS SEINS ! C'EST IMPOSSIBLE !
JE T'AI DIT DE NE PAS RÉPÉTER ÇA
DISPARAIS, ET EMPORTE TON NOM AVEC TOI !
FWYUUSH!

GYAAAAAAAA
SHWUUF
TOUT DÉMON EST FORCÉ D'OBÉIR AUX ORDRES DE CELUI QUI PRONONCE SON NOM.
YOS-HIOOO !
OH... CE N'ÉTAIT QU'UN DÉMON MINEUR.
YOS-HIOOO ! RÉPONDS-MOI !
MISSION ACCOMPLIE.
FWUP
...
FLAP
OUAIS, LE DÉMON EST PARTI, MAIS...
BLURB
PSHHHHHHH
BLURB
LE GOSSE AVAIT L'AIR PLUS EN FORME QUAND IL ÉTAIT POSSÉDÉ...

MIEUX VAUT ÇA QUE D'ÊTRE ENVOÛTÉ PAR UN IMMONDE DÉMON, NON ?
ZWOM
FLUP
À PROPOS... QUELQUE CHOSE M'INTRIGUE DEPUIS QUE VOUS ÊTES ENTRÉS DANS CETTE PIÈCE...
?
TOI AUSSI, TU ES POSSÉDÉ...
OU PLUS EXACTEMENT, TU ES TOI-MÊME UN DÉMON...
IL FAUT T'EXORCISER !
BAASH
AH OUAIS ?

ATTENTION, SWORD... CETTE FILLE EST UNE VRAIE EXORCISTE !
HMM ? SI ELLE M'EXORCISE, ÇA VEUT DIRE QUE JE RETOURNERAI DANS LE MONDE DES TÉNÈBRES ?
MONDE DES HUMAINS
MONDE DES TÉNÈBRES
YES
OUAIS ! GÉNIAL ! C'EST UN SUPER PLAN !
CALME-TOI, SWORD !
SI ELLE T'EXORCISE, TON ESPRIT N'AURA PAS DE CORPS OÙ RETOURNER. JE CROIS QUE TU SERAS CONDAMNÉ.
ZOM
AH OUAIS... DANS CE CAS, ÇA DEVIENT MOINS INTÉRESSANT...
SWUP
BIEN ! LA CÉRÉMONIE VA COMMENCER !
HÉ ! NE NOUS EMBALLONS PAS !

Titre original :
DEVIL DEVIL, VOL. 1

First published in Japan in 1998
by Shogakukan Inc., Tokyo
French publication rights
arranged with Shogakukan Inc.
through the Kashima Agency
French translation rights : Pika Édition

Traduction et adaptation : Sylvain Chollet
Lettrage : David Cochard

ISBN : 2-84599-229-7
Dépôt légal : mars 2003
Achevé d'imprimer en Allemagne
par Clausen & Bosse en février 2005
Diffusion : Hachette Livre

DANS LA MÊME COLLECTION

MOBILE SUIT GUNDAM W — G-UNIT

Tokita / Yadate / Tomino

Première série dérivée de Mobile Suit Gundam Wing, G-Unit se déroule au même moment mais dans une partie lointaine de l'univers et avec des héros différents. Les frères Barnett sont pilotes d'essai sur la colonie MO-V. Ils doivent faire face à une division secrète des ennemis de Gundam Wing. Heureusement, ils ont pour se défendre les nouveaux Gundam G-Unit…

Composé de trois volumes, G-Unit apporte un souffle nouveau à la saga Gundam Wing. Les ennemis et les robots sont totalement inédits. Un manga de science-fiction fascinant...

www.pika.fr

DANS LA MÊME COLLECTION

GTO

GREAT TEACHER ONIZUKA

Tôru Fujisawa

Eikichi Onizuka, 22 ans, décide de devenir enseignant après qu'une jeune fille lui a préféré son professeur gros et chauve. Dès ses premiers stages, il ne se laisse pas marcher sur les pieds par ses élèves et mate les plus voyous d'entre eux. Et pourtant, il commence à déchanter quand il essuie un deuxième revers avec une lycéenne...

GTO nous fait découvrir de façon délirante l'univers de l'école et des loubards japonais. Réaliste et drôle, cette série évoque des thèmes qui trouvent, en France aussi, un écho certain.

www.pika.fr

ATTENTION, SENS INTERDIT !

Ceci est la dernière page du
premier épisode de DEVIL DEVIL
Pour lire le début de ce volume,
il faut retourner le livre.

Une petite explication vous donnera
le mode d'emploi du sens de lecture,
fidèle à l'original, de droite à gauche,
selon le souhait de son auteur,
YÛKI MIYOSHI